你生而有翼，
为何竟愿一生匍匐前进，
形如虫蚁？

——阿富汗诗人 贾拉尔·阿德丁·鲁米

每当读起，我都心生痛楚的觉醒。

毕淑敏

我们沉默着，沉默不是金，是一种思考。

你一定要相信，在你的身体里，

有一颗种子，焦灼地盼望着阳光。

我们要和命运厮杀，

哪里能不受伤？

受伤不是耻辱，而是勋章。

我不希图来世的天堂，
只期待今生今世此时此刻，
朝着愉悦和幸福的方向前进。

没人能承诺我们一生永远晴天，
没人能勾勒出命运的风刀霜剑……
然而，外界虽不能把握，
内心却可以调适。

那种使自己变得生机勃勃的动力是什么？

谁来回答你呢？

谁来帮你寻找呢？

谁为你一锤定音呢？

没有别人，只有你自己。

你要学着
自己强大

毕淑敏 著

北京联合出版公司
Beijing United Publishing Co.,Ltd.

你要学着自己强大

小时候学古诗，杜甫的这几句背得熟："挽弓当挽强，用箭当用长。射人先射马，擒贼先擒王。"主要是因为它像个童谣，或者说简直是个顺口溜。

问过大人，"挽强"是什么意思。大人说，强就是指弓很硬，拉这种弓要用大力气，好处是射得远。从此把"强"和弓联系起来，再说，谁让这个强字的偏旁部首就是个"弓"呢？更是和弓箭逃不脱干系了。

渐渐年长，才知这个"强"字的根源，和弓箭并没有丝毫相关，那答案真是匪夷所思，本意居然说的是一枚虫。这要从"强"的繁体"強"说起，它原本的模样是在"弘扬"的"弘"字右下角嵌进了个"虫"字组成。改成简体字的时候，将"弘"的右半边改成了一个"口"，让无限的深意丢却了注脚。它原本是什么意思呢？"虫"指代的是单一的卑微生命。不过若这小虫把体内的精神弘扬出来，就构成了坚强雄厚的力量。

这个字里蕴含的能量，让人心意难平。"强"字像个微电影，描绘了一条卑弱小虫的奋斗史。

再来说说这个"大"字。

有一些字，因为太熟稔，念起它们的时候，就像嘴巴接触了牙膏，虽知是异物，却难得留心思谋它的深意。"大"是什么意思呢？就是范围广，高度高，体积阔吧？估计大多数人都会同意这个解释。

"大"的本义，其实和范围高度什么的毫无关系，就是非常单纯地独指一个人。

汉字是象形字，在甲骨文里，这个"大"字伸胳膊撂腿，就是一个人的体态临摹。西周战国之后大行其道的金文中，"大"也是笔触鲜明、四肢俱全的人形。与甲骨文笔道细弱的"大"字相比，金文粗肥猛壮，把人的形象镌刻得更雄硕伟岸。

等到了小篆和现代文字，这个"大"字就和人的形状渐行渐远，一时让人想不起命名它时的初心，不那么相似了。

"强大"是"强"和"大"组成的一个铿锵有力的词。你看到它，不由得会挺起胸膛浑身充满能量。但倘若问某人，你觉得自己强大吗？大多数都会说，我还不够强大，我希望自己有一天会强大起来。

然而，错了。我们每个人，本身就是强大的。强大的原意指的就是一个卑微如虫的生命，只要将精神弘扬出来，它就有力量。只要你是一个人，天然就强大。

爱因斯坦说过：有百折不挠的信念所支持的人的意志，比那些似乎是无敌的物质力量有更强大的威力。

我们孜孜以求的强大，以为远在天边的强大，以为要靠什么人赐予或是相助才能达到的境界，其实原驻于自己身上。

一个再弱小的人，也比一条虫子要有力量。

所以，强大并不难，难的是我们不自知自己的强大。这真是天下第一大悲剧。我们四处寻找的东西，我们以为自己一生也不可能具备的东西，其实从未须臾离开过我们。

我们要学习的不是如何让自己强大起来，而是让自己原本就具有的强大，拂去尘埃，闪闪发光，铮铮作响。

毛笔就在我们手里，墨汁瓶盖已经打开。如果你的时间足够，慢慢研磨墨汁也是极好。总之万事俱备，只等我们用自己的心和手，书写人生的美丽篇章。

我们有很多瑕疵，但只要内心坚定，我们就依然强大。我们可以修补自己的瑕疵，也可以携带着瑕疵前进。这个世界上没有瑕疵的人根本没有出生。

我们有很多不完善，但只要宽容待人待己，我们就依然强大。完善可以不懈追求，但不必形成坚硬桎梏。世上的事情就像吃饭，八分饱即是完美。处处尽善尽美，就是一种无言的慢性自杀。

我们常常受伤，伤痕累累。不过，听说只有一生都圈养在棉花堡中的牲畜，才不会受伤，留待把它们的皮毛制成贵人的衣裳。我们要和命运厮杀，哪里能不受伤，受伤不是耻辱，而是勋章。强大也会受伤，只不过修复的能力比较强，速度比较快，能够在更短的时间内重上战场。

据说每个人每天都会和自己进行 5000 次对话，其中极大多数话语都是在否定自己。比如说：我很差，我无力，我不行，我要等等看，哦，算了……这一切的根源，都来自我们认定自己不强大。

"你生而有翼，为何竟愿一生匍匐前进，形如虫蚁？"这是贾拉尔·阿德丁·鲁米的诗，每当读起，我都心生痛楚的觉醒。

希望从今天开始，我们对自己说的第 5001 次话是——我已学会了自己强大。

2015 年 7 月 30 日

目录

Contents

你 要 学 着 自 己 强 大

Part **1** **刨去生命必须的支出，**
      你还剩下多少黄金时段

Part 2　为自己确立一个目标

Part 3 没人能承诺我们一生晴天

Part 4 我们都曾在爱情和婚姻中多次灭绝

Part 1

刨去生命必须的支出，你还剩下多少黄金时段

不要用你手中的卡

去做纯粹为了虚荣和炫耀的消费。

因为那都是过眼烟云，

你付出的是生命，收获的是荒凉。

生命的借记卡：
刨去生命必须的支出，
你还剩下多少黄金时段

喜欢这个"借"字。我们的一切都是借来的，终归有要还的那一天。《红楼梦》里的公子贾宝玉出生的时候，嘴里是衔了一块玉的。我们每个人出生的时候，并非是两手空空，而是捏了一张生命的借记卡。

阳世通行的银行卡分有钻石卡、白金卡等等，生命的卡则一律平等，并不因为出身的高下和财富的多寡，就对持卡人厚此薄彼。

这张卡是风做的，是空气做的，透明、无形，却又无时无刻不在拂动着我们的羽毛。

在你的亲人还没有为你写下名字的时候，这张卡就已经毫不迟延地启动了业务。卡上存进了我们生命的总长度，它被分解成一分钟一分钟的时间，树木倾斜的阴影就是它轻轻的脚印了。

密码虽然在你的手里，但储藏在生命借记卡的这个数字，你虽是主人，却无从知道。这是一个永恒的秘密，不到借记卡归零的时候，你会一直在混沌中。也许，它很短暂呢，幸好我不知你不知，咱们才能无忧无虑地生活着，懵然向前，支出着我们的时间，在哪一个早上那卡突然就不翼而飞，生命戛然停歇。

很多银行卡是可以透支的，甚至把透支当成一种福祉和诱饵，引领着我们超前消费，然而它也温柔地收取了不菲利息。生命银行冷峻而傲慢，它可不搞这些花样，制度森严，铁面无私。你存在账面上的数字，只会一天天一刻刻地义无反顾地减少，而绝不会增多。也许将来随着医学的进步，能把两张卡拼成一张卡，现阶段绝无可能，以后也要看生命银行的脸色，如果它觉得尊严被冒犯和亵渎，只怕也难以操作。咱们今天就不再讨论。

也许有人会说，现在发布的生命预期表，人的寿命已经到了七八十岁的高龄，想起来，很是令人神往呢。如果把这些年头折算成分分秒秒，一年 365 天，一天 24 小时，一小时 3600 秒……按照我们能活 80 年计算，卡上的时间共计是 2522880000 秒（没找到计算器，老眼昏花地用笔算，反复演算了几遍，应该是准确的。）

真是一个天文数字，一下子呼吸也畅快起来，腰杆子也挺起来，每个人出生的时候，都是时间的大富翁。不过，且慢。既然算账，就要考虑周全。借记卡有一个名为"缴费通"的业务，可以代缴代扣。比如手机话费、宽带上网费、水电费、图文电视费……呵呵，弹指间，你的必要消费就统统缴付了。

生命也是有必要消费的。就在我们这一呼一吸之间，卡上的数字就要减掉若干秒了。我们有很多必不可少的支出，你必须要优先保证。

首先，令人晦气的是——我们要把借记卡上大约三分之一的数额，支付给床板。床板是个哑巴，从来不会对你大叫大喊，可它索要最急，日日不息。你当然可以欠着床板的账，它假装敦厚，不动声色。一年两年甚至十年八年，它不威逼你，是个温柔的黄世仁。它的阴险在长久的沉默之后渐渐显露，它不动声色地无声无息地报复你，让你面色干枯发摇齿动，烦躁不安，歇斯底里……它会让你乖乖地把欠着它的钱加倍偿还，如果它不满意，还会把还账的你拒之门外。倘若你欠它的太多了，一怒之下，也许它会彻底撕毁你的借记卡，纷纷扬扬飘失一地，让杨白劳就此永远躺下。所以，两害相权取其轻吧，从长远计，你切不可以慢待了床板这个索债鬼，不管它多么笑容可掬，你每天都要按时还它时间。

你还要用大约三分之一的时间来吃饭、排泄、运动、交通、打电话、接吻、示爱和做爱，到远方去旅游，听朋友讲过去的事情，当然也包括发脾气和生气，和上司吵架，还有哭泣……当然你也可以将这些压缩到更少的时间，但你如果在这些方面太吝啬支出的话，你就变成了一架冰冷的机器，而不再是活生生的人。为了让我们的生命丰富多彩，这些支出你无法逃避。

借记卡有一个功能，就是代缴各种费用。你的生命刨去了这样多的必须支出，你还剩下多少黄金时段？

如果我们知道自己生命中能够有效利用的时间到底有多少，我相信一半以上的人，都会活得更加精彩。因为借记卡的数字隐藏在无边的黑暗中，这就更需要我们在黑暗中坚定地摸索着前进。

你的密码只有你自己知道。不要把密码告诉陌生人，不要让他主宰了你的生活。如果你的密码被泄露，不要伤心，不要自暴自弃。密码是可以修改的，你可以重新夺回你对自己生命的控制权，这张借记卡只要你自己不拱手相让，就没有任何人能把它从你手里夺走。

不要用你手中的卡去做纯粹为了虚荣和炫耀的消费。因为那都是过眼烟云，你付出的是生命，收获的是荒凉。

不要用手中的卡去买你不喜欢的东西。生命是我们能够享有的唯一，它的光彩和价值就在于它独树一帜的意义。找寻你生命的脐带，它维系着你的历史和光荣，这是你的责任和勇敢所在。如果你逃避或是挥霍，你就彻头彻尾地对不起了一个人，让那个人在无望中泪水流淌。这个人不是你的爸爸妈妈，虽然他们也可能为此伤感，但在他们逝去之后，你依然可以看到新鲜的泪珠在闪耀；这个人也不是你的师长，虽然他们可能会因此失望，但他们还有更多的学生可以期待。要知道你最对不起的人就是你自己，你委屈了千载难逢的表达。

唯有我们不知道生命的长短，生命才更凸显。也许，运动可以在我们的卡里增添一些跳动的数字？也许大病一场将剧烈地减少我们的存款？不知道。那么，在不知道自己有多少银两的时候，精打细算就不但是本能更是澄澈的智慧了。在不知道自己所要购买的愿景和器物有着怎样的高远和昂贵，就一掷千金毅然付出，那才是真正的猛士，视金钱如粪土。

这张卡是朴素的，也是昂贵的。你可以在卡上镶上钻石，那就是你的眼泪和汗珠了。没有白金也没有黄金，如果一定要找到类似的东西，美化我们的借记卡，那只有骨骼的硬度和血液的湿度了。

当我们最后驾鹤西行的时候，能带走的唯一物品，是我们空空如也的借记卡。当那个时候，我们回首查询借记卡上一项项的支出，能够莞尔一笑，觉得每一笔支出都事出有因不得不花，并将这笑容实实在在地保持到虚无缥缈间，也就是灵魂的勋章了。

其实，当你吐出最后的呼吸之时，你的借记卡就铿锵粉碎了。但是，且慢，也许在那之后，有人愿意收藏你的借记卡，犹如收藏一枚古钱。

暴雨筛:
暴雨留下了最有胆量
和最不怕吃苦的人

南方的女友讲过这样一个故事。她说，我35岁的时候，考上了一所夜大学。每天下班后，要穿越五条街道去读书。一天傍晚，台风突然来了，暴雨像牛仔的皮带一样宽，翻卷着抽打天地。老师还会不会上课呢？我拿不准。那时，电话还不普及，打探不到确实的消息。考虑了片刻，我穿上雨衣，又撑开一把伞，双重保险，冲出屋门。风雨中，伞立刻被劈开，成了几块碎布。雨衣阴险地背叛了我，涨鼓如帆，拼命要裹挟我去雨中。我只有扔了雨衣，连滚带爬。渺无人迹的城市中，我惊惶地想到，是不是只有我一个人这样傻？也许今天根本就不上课。

我迟疑了片刻，但咬紧牙，继续向前。好不容易到了学校，贴身的衣服已像海带一般冷硬，牙齿像上了发条似的打颤。没想到看门的老人说，从老师到学生，除了你，没有一个人来！

那一瞬，我非常绝望。不单是极端的辛苦化为泡沫，更有无穷的委屈和沮丧。

老人看我失魂落魄的样子，让我进他的小屋歇口气。喝着他沏的热茶，我心灰意冷。伴着窗外瀑布般的水龙，老人缓缓地说，你以后会有大出息。我说，我是一个大傻瓜啊。

他说，所有学生里，只有你一个人来上学了。看，暴雨是一个筛子。胆小的，思前想后的，都被它筛了下去，留下了最有胆量和最不怕吃苦的人。

那一瞬，好似空中打了一个闪电，我的心被照得雪亮。也许我不是三千学生当中最聪明的，但今晚的暴雨，让我知道了，我是三千学生中最有胆量和毅力的人。

从那以后，我就多了自信。你晓得，天地万物都会齐来帮助一个自信的人。所以，我就一步步地有了今天的成功。

我说，那位老人，是你人生最重要的导师之一啊。▋

机遇在不知不觉中降临：
别人，不是衡量自己的标准

学会不怨天尤人，勇敢地负起自己应该负起的责任，这是一种美德，并且会给自己带来意想不到的礼物，那就是——你将一手造就自己的经历，为自己带来好运气。

我一直很相信这样一种说法——当你坚定地承担责任勇往直前的时候，天地万物好像听到了一个指令，会齐心协力地帮助你、提携你。于是，贵人也出现了，机会也在最不可能滋生的崖缝中，露出了细芽。

我有时自己也想不通，这不是迷信吗？天下万物怎么会听从一个指令呢？它们的耳朵在哪里？它们的听力如何？这个指令是什么人发出来的呢？它用的是何种语言？

想不通啊想不通！但现实中确实有这样的故事，我听到很多人这样说过，在充满了感动的同时，也充满了疑惑。想啊想，我终于理出了一点头绪。

那个帮你忙的指令，其实出自你的内心。一个人，如果他是积极向上永不妥协的，那么，他的一举一动一笑一颦，都会放射出这种不屈的信息。这就像香草就要发出烘烤般的酥香气息，拦也拦不住，堵也堵不了。所有经过他身边的人，都会看到这种灼热光华，如同走过夜明珠的身旁。

我坚信，很多人在内心里，是愿意帮助别人的。特别是这种帮助并不会带给自身重大损失的时候，很多人都愿意伸出友谊之手。

这种手，有的时候是一个机遇，给谁都是给，为什么不给一个让我们心生好感的人呢？为什么不给一个让人们心怀敬重的人呢？为什么不给一个具备美德的人呢？于是你就得到了它。

有的时候，援手是一个信息。因为你让对方感到愉悦，人在愉悦的时候就会浮想联翩。施助者的潜意识喜欢你，就想——也许这个消息对这个人会有益处呢？于是它把这句话送到了主人的嘴边。很可能连主人都没有意识到这种好感和这条信息之间的关联，但勤快的潜意识就麻利地给办妥了，没想到不经意间，这便成就了你的新生。

更多的时候，援手是一点小钱。这对有钱人算不得什么，对贫困之中的人，却是天降甘露。你可能因为有了这一点小钱，而获得了转机，迎来了拐点。这对于施恩之人来说，很可能是举手之劳。

钱和钱的概念有时有天壤之别，用处也大相径庭，钱是会玩魔术的。

援手有的时候只是鼓励和关爱。虽然鼓励和关爱并不需要太大的付出，但人们只会鼓励那些和自己的人生大目标相投的人，会关爱和自己的爱好信仰相符的人。

一个人只有在光明磊落的时候，才会不避讳自己的奋斗目标，才会在很多不经意的瞬间显示出美德和惹人怜爱的细节。而这些，恰好具有打动人心的力量，奇迹就慢慢地显影了。

世界上的事，都是因人而异。对你难于上青天的事，对另外一些人不过是弹指间的小菜一碟。所以，先锤炼你的人格和目标吧。当它们光彩照人的时候，机遇就在不知不觉中降临了。

这没有什么神秘的，只要你像雏鹰，无数次张开翅膀，有一次正好刮过来了风，那是一股上升的气流。如果你蜷曲在巢中，无论刮过怎样的风，对你来说都只是寒冷。▎

心轻者上天堂：
今生今世朝着愉悦幸福的方向前进

埃及国家博物馆有一件奇怪的展品。一方用精美白玉雕刻的匣子，大小和常用的抽屉差不多，匣内被十字形玉栅栏隔成四个小格子，洁净通透。玉匣是在法老的木乃伊旁发现的，当时匣内空无一物。从所放的位置看，匣子必是十分重要，可它是盛放什么东西用的？为什么要放在那里？寓意何在？谁都猜不出。这个谜，在很长一段时间内让考古学家们百思不得其解。后来，在埃及中部卢克索的帝王谷，在卡尔维斯女王的墓室中，发现了一幅壁画，才破解了玉匣的秘密。

壁画上有一位威严的男子，正在操纵一架巨大的天平。天平的一端是砝码，另一端是一颗完整的心。这颗心是从一旁的玉匣子中取出的。埃及古老的文化传说中，有一位至高无上的美丽女性，名叫快乐女神。快乐女神的丈夫，是明察秋毫的法官。每个人死后，心脏都要被快乐女神的丈夫拿去称量。如果一个人是欢快的，心的分量就很轻，女神的丈夫就判那颗羽毛般轻盈的心引导着灵魂飞往天堂。如果那颗心很重，被诸多罪恶和烦恼填满褶皱，快乐女神的丈夫就判他下地狱，让他永远不得见天日。

　　原来，白玉匣子是用来盛放人的心灵的。原来，心轻者可以上天堂。

　　自从知道了这个传说，我常常想，自己的心是轻还是重，恐怕等不及快乐女神的丈夫用一架天平来称量，那实在太晚了。呼吸已经停止，一生盖棺论定，任何修改都已没有空白处。我喜欢未雨绸缪，在我还能微笑和努力的时候，就把心上的坠累一一摘掉。我不希图来世的天堂，只期待今生今世此时此刻朝着愉悦和幸福的方向前进。天堂不是目的地，只是一个让我们感到快乐自信的地方。

　　心灵如果披挂着旧日尘埃，好像浸透了深秋夜雨的蓑衣，湿冷沉暗。如何把水珠抖落，在朗空清风中晾干哀伤的往事？如何修复心理的划痕，让它重新熠熠闪亮，一如海豚的皮肤在前进中把阻力减到最小？如何在阳光下让心灵变得通透晶莹，仿佛古时贤臣比干的七窍玲珑心，忠诚正直，诚恳聪慧，却不会招致悲剧的命运？

　　我们不是从一张白纸开始自己的心灵健康之旅，而是背负着个人的历史和集体的无意识，在文化的熏染中长大。它们对我们的影响复杂而深远，微妙而神秘。▌

击碎无所不在的尺：
锤炼你的人格和目标，
奇迹就会出现

以最平凡的态度，做最不平凡的事情，这就是"平常心"的真谛了。

"平常心"这几个字，说的人多，真正明白的人却没有那么多。因为"平常"，并不是听之任之，随波逐流，而是一种务实且踏实的人生态度，并不像我们想象的那样容易，是高度智慧的不经意表现，是坚强意志的莞尔一笑。

如果别人对你没有要求，其实是很惨的事情。你被放逐了，你会觉得无价值感，会丧失了归属感。所以，当别人对你有很高要求的时候，你不必沮丧。那正是他高看你的能力，以为你能够胜任。

当然了，如果确实超出了你的范畴，你可以提出看法，但不必垂头丧气。

到处是尺。尺度要人命。身高是尺，因为它赫然列在征婚条件的前几行。体重是尺，因为它和很多人的自我形象密切相关。职务是尺，简直就是衡量你是否进步的唯一阶梯。排名是尺，无论在国际上还是在国内、省内、校内、班内，都是你的资格和位置的标杆。然而，设立尺的那个人是谁？人们已然忘记。把自己从尺度中救出来，是当务之急。

永远不要把别人的进步，当成衡量你自己有无能力的尺度。那是不自信的人惯用的方式。无论是对自己还是对别人，万勿期望太高。所以，同学聚会的时候，你尽管放松，我们因为过去的友谊而重逢，这并不是今日近况的比武场。▍

常常爱惜：
珍惜生命中每一次感动

拾起一穗遗落在秋天原野上的麦芒时，我们心中会涌起一种情感……

当水龙头正酝酿着滴落一颗椭圆形的水珠，一只手紧紧拧住闸门时，我们心中会涌起一种情感……

当凝望宝蓝的天空因为浓雾而浑浑噩噩时，我们心中会涌起一种情感……

当注视到一个正义的人无力捍卫自己的尊严，孤苦无助的时候，我们心中会涌起一种情感……

人类将这种痛而波动的感觉命名为——爱惜。

我们读这两个字的时候，通常要放低了声音，徐徐地从肺腑最柔软的孔腔吐出，怕惊碎了这薄而透明的温情。

爱惜的大前提是，爱。爱是人类一种最珍贵的体验，它发源于深刻的本能和绵绵的眷恋。爱先于任何其他情感，轻轻沁入婴儿小而玲珑的心灵。爱那给予生命的母亲，爱那清冷的空气和滑润的乳汁，爱温暖的太阳和柔和的抚爱，爱飞舞的光影和若隐若现的乐声……

爱惜的土壤是喜欢。当我们喜欢某种东西的时候，就希冀它的长久和广大，忧虑它的衰减和短暂。当我们对喜爱之物，怀有难以把握的忧虑时，吝啬是一个常会首选的对策。我们会俭省珍贵的资源，我们会珍爱不可重复的时光，我们会制造机会以期重享愉悦，我们会细水长流反复咀嚼快乐。

于是，爱惜就在不知不觉中发生了。

当我们爱惜的时候，保护的勇气和奋斗的果敢也同时滋生，真爱，需用生命护卫，真爱，就会义无反顾。没有保护的爱惜，是一朵无蕊的鲜花，可以艳丽，却断无果实。没有爱惜的保护，是粗粝和逼人的威迫，是强权而不是心心相印。

爱惜常常发生。在我们不经意的时候，打湿眼帘。▌

我羡慕你：
不要计较何时年轻，何时年老

我是从哪一天开始老的？不知道。就像从夏到秋，人们只觉得天气一天一天凉了，却说不出秋天究竟是哪一天来到的，生命的"立秋"是从哪一个生日开始的，不知道。青年的年龄上限不断提高，我有时觉得那都是上了年纪的人玩出的花样，为掩饰自己的衰老，便总说别人年轻。

不管怎么样，我觉得自己老了。当别人问我年龄的时候，支支吾吾地反问一句："您看我有多大了？"佯装的镇定当中，希望别人说出的数字要较我实际年龄稍小一些。倘人家说得过小了，又暗暗怀疑那人是否在成心奚落。我开始越来越多地照镜子。小说中常说年轻的姑娘们最爱照镜子，其实那是不正确的。年轻人不必照镜子，世人仰慕他们的目光就是镜子。真正开始细细端详自己的容貌的是青春将逝的人们。

于是我把所有的精力放在孩子身上。记得一个秋天的早晨，刚下夜班的我，强打精神，带着儿子去公园。儿子在铺满卵石的小路上走着。他踩着甬路旁镶着的花砖，一蹦一跳地向前跑，将我越甩越远。

"走中间的平路！"我大声地对他呼喊。"不！妈妈！我喜欢……"他头也不回地答道。

我蓦地站住了。这对话是那样熟悉。曾几何时，我也这样对自己的妈妈说过，我喜欢在不平坦的路上行走。这一切过去得多么快呀！从哪一天开始，我行动的步伐开始减慢，我越来越多地抱怨起路的不平了呢？

这是衰老确凿无疑的证据。岁月的长河不可逆转，我不会再年轻了。

"孩子，我羡慕你！"我吓了一跳。这是一句实实在在的声音，从我身后传来，她说得很缓慢，好像我的大脑变成一块电视屏幕，任何人都能读出上面的字迹。

我转过身，身后是一位老年妇女，周围再没有其他人。这么说，是她羡慕我。我仔细打量着她，头发花白，衣着普通。但她有一种气质，虽说身材瘦小，却有一种令人仰视的感觉。我疑虑地看着她。我不知道自己有什么值得人羡慕的地方——一个工厂里刚下夜班满脸疲惫之色的女人。

"是的。我羡慕你的年纪——你们的年纪。"她用手指轻轻点了点，将远处我儿子越来越小的身影也括了进去。"我愿意用我所获得过的一切，来换你现在的年纪。"

　　我至今不知道她是谁，不知道她曾经获得过的那一切，都是些什么。但我感谢她，让我看到了自己拥有的财富。我们常常过多地把眼睛注视着别人，而自己则在不知不觉中失落着最宝贵的东西。人的生命是一根链条，永远有比你年轻的孩子和比你年迈的老人。我们每个人都有自己的位置，它是一宗谁也掠夺不去的财宝。不要计较何时年轻，何时年老，只要我们生存一天，青春的财富就闪闪发光。能够遮蔽它光芒的暗夜只有一种，那就是你自以为已经衰老。

　　年轻的朋友们，不要去羡慕别人。要记住人们在羡慕我们！

请听凭内心：
当身体适应苦难，
意志往往也会跟随

根据心理学的原则，人的行为动机无限多样，具有不可猜测性。所以，你不必时时处处知道别人怎样想，你只要很清楚地知道自己是怎样想的，就相当不错了。

也许你要说，知己知彼百战百胜嘛！这句古话固然不错，但那充其量只是一个充满了浪漫主义的想象。有谁能在一生之中百战百胜？既然不可能，那么也只有听凭内心，况且人生也不是战场，有什么必要在和别人交往中百战百胜呢？那是战争哲学，不是快乐的处世之道。

我们不能随随便便改变生命中最基本的食物，这就是我们的集体无意识。我们不能改变友爱，这是我们从远古到今天不至于灭亡的法宝之一。我们不能不歌颂勇敢，因为那是祖先的光荣，我们不是懦弱者的后代，不是，永远不是。我们必须正视凌越于生命之上的某些东西，正是因为它们，将我们和动物区分开来。我们只有爱好光明，才不会成为黑暗中的蛆虫，就这么简单。如果你想撼动某些精神的法则，只有将你自己的灭失作为结局，而人类依然向前。

　　请消除对于生存之艰苦的怯懦。

　　我们有理由怕苦，怕太热，怕太冷，怕风沙，怕熊罴……总而言之，怕那些令我们不舒适的东西。

　　不过，所有的新发现中，都会有一些不熟悉的因子存在着，都会有风险和失败等着我们。消除这些恐惧的最简单的方式，就是不畏惧生存之艰苦。当我们的身体能够适应苦难的时候，我们的意志也往往会跟随。▊

向大珍珠母贝和好葡萄学习：
生活对女人的要求越来越高

如果一个女人的招牌不是美貌而是善良，那么她的魅力可以持续到生命结束之前，只要她不得老年痴呆症或成为植物人！在澳州，生活着一种大珍珠母贝，珍珠是世界上唯一一种来自活体生物——牡蛎的宝石，牡蛎已经进化了五亿年。一只勤奋工作的大珍珠母贝，在八年的寿命中，可以繁育出四颗珍珠。随着牡蛎年龄的增长，它能容纳的珍珠也越来越大。这就是说，到了生命的晚期，这只牡蛎就有可能孕育出它这一生中最大的珍珠！！我希望年老的女人都如同大珍珠母贝，光华烨烨；也如同厚重铺排的织锦缎，安然华贵，不炫目，但可以收藏，不时抚摸着，粗糙的指肚勾连起陈年的丝缕，带出织就时的润泽。

女人年过三十，就要学会接受自己容貌走下坡路这个事实，就像花瓣要接受凋零，越是盛极一时倾国倾城的美丽，越要面对春风不再的年轮变化，首先在理论上不害怕，然后在实践上安然接纳。人出生在这个世界上，并不是一件成品，你的很多方面，还有待完善，变老就是完善的工序之一。

"三毫米的旅程，一颗好葡萄要走十年。"这是一句广告语。想想看，一粒吹弹可破的葡萄都如此坚韧不拔，要从一个青葱少女变成睿智妇人，没有几十年的历练，恐也难修成正果，向好葡萄学习。上天赐于没有强壮肌肉的女人两样东西，那就是思索和时间。

由于气候、智力、精力、趣味、年龄、视力等方面的因素，人的先天平等是永远不可能的，所以，不平等应该认作颠扑不破的自然规律。但我们可以把这不平等变得不易觉察，就像我们把鱼和熊掌之间的差异慢慢磨平一些——说句实在话，我总觉得鱼和熊掌不在一个数量级上，不知道是不是远古的时候，鱼比较少，熊比较多呢？

磨平沟壑，文化和教育能起很大的作用。女子要把学习当成最好的娱乐，学得多了，你就慢慢开始了思考。女子不要视时间为敌人，给自己一个良好的预言，你会惊奇地发现，希望之花一朵朵开放。

生活对女人的要求越来越高，你不但要像袋鼠一样敏捷跳跃寻找食物，还要有一个温暖的育儿袋。

很多受伤的女人就像一只疲倦的海鸟，她们飞了那么远的路，在羽翼低垂嘴角渗血的时候，仍然要不顾一切地回到自己的巢，呵护自己的幼雏。

对这样的女人，我们深深鞠躬。

阖闭星云之眼：
摒弃那高处不胜寒的孤寂

青年时代，我曾经有一段时间是一个悲观主义者，这也许是和我在西藏高原的经历有关。高原太辽阔了，人太渺小了。雪峰太久远了，人生太短暂了。有时真是生出无尽的悲哀，觉得奋斗有什么用呢？百年之后，不还是一杯黄土？一个人的力量太微薄了，太平洋不会因为一杯沸水的倾倒而升高温度，这杯水却永远地消失了。

后来，我知道这种看世界的角度，被哲学家称为"银河"或"星云之眼"。从这个位置来看，我们和目所能及的所有生物都是微不足道的，一切奋斗都显得荒凉和愚蠢，结局和发展都充满了不可言说的荒谬。一个人，和一只蚂蚁、一条蛆虫没有任何分别。从星云和银河的角度来看，人类轻渺如烟、无足挂齿。

这只眼振振有词，在逻辑上几乎是无懈可击的。你若真要遵循了这只眼的视角，会从根本上使生命枯萎凋落。

一些好高骛远的人，在遭受失败的时候，会抬起这只眼为自己开脱。因为所有的努力和不努力都混为一谈，他的失败也就顺理成章。一些胸无大志的人，在沉沦和荒靡的时刻，会躲在这只眼后面为自己寻找借口。因为一切都在虚无中，他的荒废光阴也就有了理论支点。一些游戏人生放弃光明的人，在黑暗中也眨巴着这只眼，似乎一切都是梦，清醒和昏迷并无分别……

不要小看了这看似遥远而又神秘的星云之眼，如果你长期用这只眼注视世界，就会不由自主地灰心丧志。持久地沉浸其中，还有可能放弃生命。当我们从生活中抽离，成为袖手旁观者时，所有世俗的欢快和目标，就变得轻如鸿毛。

闭阖星云之眼吧，因为那不是你的位置，那是神的位置。摒弃那高处不胜寒的孤寂，回到充满生机又复杂多变的人间吧。僭越是危险的，我们今生为人，是一种福气。珍惜我们明察秋毫的双眼，可以仰视星空，但不要让自己轻飘飘地飞起来，到达星云的高度。那里，据说很冷，很黑，很荒凉。

那些让我们感到有内涵、有勇气、有坚持力的人，我坚信他们是有理想的。人很怪，只有理想这种东西，才能够提供源源不断的动力。

　　我们每个人的心里，都有一个害怕的场。这个场，不要太大，那会使我们畏畏葸葸，就太委屈了自己的岁月。这个场，也不可太小，太小了就容易人在边缘，演出不该上演的节目。

Part 2

为自己确立一个目标

当你坚定地承担责任勇往直前的时候，

天地万物好像听到了一个指令，

会齐心协力地帮助你、提携你。

于是，贵人也出现了，

机会也在最不可能滋生的崖缝中，露出了细芽。

所有的动力都来自内心的沸腾：
有些人把梦想变成现实，
有些人把现实变成了梦想

个人躺在地上，如果他不想起来，那么十个人也拉不起他来，即使起来了也马上会趴下。所有的动力都来自内心的沸腾。如果你做不到一件事，无论是搞好关系，寻找爱人，还是减肥，都是因为你还没有真正想做。

这是一个很有意思的心理小游戏。来，纠集起十来个人，然后找一个人来扮演那个躺在地上的人，不用找体重特别沉的，那样容易影响咱们这个游戏的真实感。请这位朋友赖在地上，大家用尽全力把他拽起来……

我见过三十来个人都拉不起一个人的。我本来在上文中想写这个数字，但又怕大家觉得太夸张了，就写了十来个人，这是千真万确的。只要你不想起来，没有人能把你拉起来。心理上的问题也是一样，只要你没有想通，只要你不是真的心服口服，那么所有外界的努力都是劳而无功的。

女人当了妈妈，对待自己的孩子时，要记得这个游戏。他虽然小，也有自己的独立意志，你要把道理给他讲清楚，而且要让他明白这样做的目的是什么，有人会觉得孩子还小，没必要讲那么多。可是，成长是一个逐渐发生的过程，你不能在一颗幼小的心里，种下强权的种子，以理服人而不是以力服人，这是要从小就养成的习惯。

你举目四望，很容易就能发现：很多人的生理和生物上的需求得到了满足，但他们仍然不满意，奔突不止，躁动不宁，缺少一种能使他变得生机勃勃的动力，缺乏稳定祥和。像这样缺乏主动性的生活，无论表面上多么风光，都是不值得羡慕的。

那种使自己变得生机勃勃的动力是什么呢？谁来回答你呢？谁来帮你寻找呢？谁为你一锤定音？没有别人，只有你自己。只有当理想的光芒照耀着我们，而且它和广大人群的福祉相连，我们才会有大的安宁和勇气。

你可曾体会种子的疼痛？那种挣开包裹自己的硬壳，顶出板结的土壤的苦难，对一粒柔弱的芽，可说是顶天立地的壮举。一个人觉醒时的力量，应该大于一颗种子啊！

　　有些人把梦想变成现实，有些人把现实变成了梦想。关键是，你的梦想是什么？你为你的梦想做了什么？有梦想就不会寂寞，当你寂寞的时候，只要招招手，你的梦想就飞到了身边。剩下的事，就是琢磨怎样把梦想变成行动了。

每只小狗都有一个目标：
为自己确立一个目标，
这是做人的本分之一

有 一对夫妇有两个孩子，一个叫莎拉，一个叫克里斯蒂。当孩子还小的时候，父母决定为他们养一只小狗。小狗抱回来以后，他们想请一位朋友帮忙训练这只小狗。他们搂着小狗来到朋友家，安然坐下，在第一次训练前，女驯狗师问："小狗的目标是什么？"夫妻俩面面相觑，很是意外，他们实在想不出来狗还有什么另外的目标，嘟囔着说："一只小狗的目标？那当然是一只小狗了。"女训狗师极为严肃地摇了摇头说："每只小狗都得有一个目标。"夫妇俩商量之后，为小狗确立了一个目标——白天和孩子们一道玩，夜里要能看家。后来，小狗被成功地训练成了孩子的好朋友和家中财产的守护神。这对夫妇就是美国的前任副总统阿尔·戈尔和他的妻子蒂珀。他们牢牢地记住了这句话——做一只狗要有目标。推而广之，做一个人也要有目标。

在现实生活中，却有太多太多的人，没有目标。其实寻找目标并不是一件太难的事，关键是你要知道天下有这样一件唯此为大的事，然后尽早来做。正是你自己需要一个目标，而不是你的父母，或是你的老师，或是你的上级需要它，它的存在，和别人的关系都没有，和你的关系那样密切。也就是说，它将是你最亲爱的伙伴，其血肉相连的程度，绝对超过了你和你的父母，你和你的妻子儿女，你和你的同伴和领导的关系。你可能丧失了所有的财产和你所有的亲人，但只要你的目标还在，你就还有一个完整的系统存在，你就并不孤单和失望。

我们常常把别人的期待当成了自己的目标，在孩童的时候，这计划是顺理成章的事情。但是，你会渐渐地长大，无论别人的期望是怎样的美好，它也不属于你。除非有一天，你成功地在自己的心底移植了这个期望，这个期望生根发芽，也成了你的目标。那时，尽管所有的枝叶都和原本的母木一脉相承，但其实它已面目全非，它的灵魂完完全全只属于你，它被你的血脉所养。

有人把快乐和幸福当成了终极目标，这也值得推敲。快乐并不只是单纯的快感，类乎饮食和繁殖的本能。科学家们通过研究，发现最长最持久的快乐，来自于自我价值的体现。而毫无疑问，自我价值从属于你的目标感，一个连目标都没有的人，何谈价值呢！

　　一棵树的目标也许是雕成大厦的栋梁，也许是撑一把绿伞送人阴凉，也许是化作无数张白纸传递知识……还有数不清的可能性。我们不是树，我们不可能穷尽也不可能明白树的心思。我们是人，我们可以为自己确立一个目标，这是做人的本分之一。

为生命找到意义：
我的病人三分之一
是因为生活没有目标

古代人常常专注于最基本的生存需求。日常生活天然地具备了提供经常意义的能力。人们的生活是如此接近土地。每个人都毫不怀疑自己是大自然的一部分。他们耕地，播种，收获，烹调，生养小孩，然后生病和死亡，最后回归泥土。他们很自然地展望未来，觉得未来是如此清晰，那就是——吃饱饭，子子孙孙地繁衍，实现一轮又一轮的更迭，如同能够每日每年看到大自然循环。他们对日月星辰、山川河流这类庞然大物有强烈的归属感，他们深深明白自己是家庭和族群不可或缺的一部分。对以上这种基本存在，从来不曾有过问号。

是啊，有谁能对一个埋头苦干的农夫字斟句酌地问，你这样辛苦是为了什么呢？他一定头也不抬地继续干活，对他来说，家里的妻儿老小和他自己的口粮，就在这劳作中发生着，这难道还用得着问吗？

可是，今天，这些意义消失了。都市化、工业化，让生活中少了和大自然血肉相连的关联。我们看不到星空，我们每个人几乎脱离了世界的基本生命链，可这和意义有什么关联呢？

我们有太多的时间提出更多的问题，我们必须面对自由的无情拷问，可是我们失去了参照物。工作不再提供意义，一点儿创造力也没有，生养小孩也没有了意义。世界人口爆炸，也许不生养更有意义。

生命的意义是非常重要的心理结构，与每个人都有非常重要的关系。伟大的心理学家荣格说：我的病人大约有三分之一并不是罹患了任何临床可以定义的疾病，而只是因为生命没有意义，没有目标。

这个问题到了心理学家法兰克那里，有了升级版，他说：最少有50%的来访者有这种问题——觉得生命没有意义。

萨特说过：人是一种徒劳无益的热情。我们的诞生毫无意义，死亡也没有意义。但萨特这样说完之后，在他自己的小说中又明确地肯定了意义的追求，包括在世界上寻找一个家、同志之谊、行动、自由、反对压迫、服务他人、启蒙、自我实现和参与。

在现在的情况下，为生命找到意义，就成了非常紧迫的任务。每个人要有一个自我的意义系统，包括行为准则：勇敢、高傲的反抗、友好的团结、爱、尘世的圣洁等。

你的身体必有一颗成功的种子：
一辈子随波逐流，会导致功能退化

在每个人的生命里，都有一个关于创造的秘密，等待着被发现，那将是你的第二次诞生。

你一定要相信，在你的身体里，有一颗种子，焦灼地盼望着阳光。至于它到底是一颗什么种子，在没有发芽之前，谁也不知道。

你的责任就是给它浇水，保护它不被鸟雀啄食，不因为干渴而失去生机，不会被人偷走，也不会在你饥肠辘辘的时刻被你炒熟了充饥。如果那样做了，你虽可一时果腹，却丧失了长久发展的原动力。

那颗种子可能藏在你的耳朵里，你就有了灵敏的听觉。可能藏在你的手指甲里，你就有了非凡的触觉。也可能在你的眸子里，也可能在你的肌肉中。当然了，更可能在你的大脑中、心脏里、双手中……

每个人在属于个人的成长经历中，早已获得了解决问题的丰富宝藏。请信任我们的潜意识，它必定能在正确的时机产生恰当的回应。告诉你一句悄悄话——有时候，信息也将以非语言的方式揭露真相。

找找吧，一定找得到！

身体里绝对有不少于一百种的功能，能保证你在浑然不觉中完成种种复杂的运作。但你不要以为功能们会一直老老实实地待在那里，它们是勤勤恳恳的，却不是任劳任怨的。如果你一直视它们的存在为理所当然，从来不照料它们，不维护和激励它们，或是过度使用，或是置若罔闻，那么，它们不是反抗，就是消极怠工，也许集体突围，无声无息地溜走了，然而你误以为它们从来不曾居住在你的身体里。要知道，一辈子无意识地随波逐流，会导致你各种功能的退化。

成功并不像想象的那样难，因为我们不敢做，它才变得难起来。

关于思想和心灵的感悟：
我愿同智商很高的人对话，愿同智商稍高于我的人共事

文学自然可以哭泣，但那眼泪须不止属于你自己，必得有能引起众人共鸣的激情。文学自然应该特殊，但什么是真正的特殊，可要有清醒的意识。那就是为你所独有的一份对人世间的把握，借助了祖宗遗留给我们的古老工具——语言，优美清晰地表达出来，以传递心灵的感应。

我的一些非常重要的经验，来自一些说话很沉闷的人那里。就像一大堆矿石才能提炼出几克稀有金属，需要足够的耐心和时间。

谈话的第一要素是尊重，倾听时除了聚精会神以外，还要不时报以会心的微笑。对方兴致勃勃地说下去，闪光的语言就有可能随

之出现。

当我非常欣赏一位作家的作品时，就竭力不去结识他。

因为崇敬，我不想近距离地观察他。

每个人都是多棱的，即使是一个高尚的人，灵魂中也潜伏着卑微。但那些最好的文章，是优秀的作家在霞光普照的清晨，用生命最甘美的汁液写下的，他们自己也清醒地知道不可能重复，这里面一定有我们未知的属于神的部分。

当我们结识世俗的本人时，会或多或少干扰破坏了我们对美的遐想。

人应该锻炼出敏锐地感应他人情绪的本领，犹如我们一出房门，就觉察出气温的变化。

说起来烦恼，只要认真去做，并不复杂。

从一个人的衣着、面色、下意识的小动作、偶尔吐出的个别话语，他的精神状态基本上昭然若揭。

并不是号召所有的人都察言观色，以求一逞。

人是团体的动物，他人的心情会迅速波及自己的心情。为了保护情绪不感冒，我们必须了解周围最密切接触的人心情的温度。

现代的科学技术越来越发达，但它们相对于人来讲，永远是身外之物。人类已经把自己的衣食住行打点得越来越精致，把外在的条件整治得越来越舒适了。但是心灵呢？这灵长中的灵长，却在越来越辉煌的物质文明中萎缩，淹没在闪烁的霓虹灯下，迷失在情感的沙漠里。

随着年龄渐长，我与那些心中最美好的希望，有了一种默契。那就是有些愿望不必实现，就让它们永远存留在我们的想象中吧。

现代社会是一只飞速旋转的风火轮，把无数信息强行灌输给我们。见多不怪，我们的心灵渐渐在震颤中麻痹，更不消说有意识地掩饰我们的惊讶，会更猛烈地加速心灵粗糙。在纷繁的灯红酒绿和人为的打磨中，我们必将极快地丧失掉惊奇的本能。

在我们的思想里有许多思想的建筑物和思想的废墟，我们常常忙于建设，而对清理废墟注意得不够，以为新的建立起来，旧有的就会自动消失。

其实批判自己是一件很艰难的事情。如果畏惧它，我们的头脑就会新旧杂糅，某些时候出现混乱。

否认了"惊"，就扼杀了它的同胞兄弟。我们将在无意之中，失去众多丰富自己的机遇。假如牛顿不惊奇，他也许就把那个包裹着真理的金苹果，吃到自己的肚子里面了。人类与伟大的万有引力相逢，也许还要迟滞很多年。

假如瓦特不惊奇，水壶盖扑扑响着，一个划时代的发现，就蒸发到厨房的空气中了。我们的蒸汽火车头，也许还要在牛车漫长的辙道里蹒跚亿万公里。

保持惊奇，我常常这样对自己说。它是一眼永不干涸的温泉，会有汩汩的对于世界的热爱，蒸腾而起，滋润着我们的心灵。

宁吃鲜桃一口，不吃烂杏一筐。我以为这必是有钱有食人说的话。假若是穷人，恐怕还得要那一筐烂杏。挑挑拣拣，可吃的部分总还是比一口鲜桃要多。

纵是杏完全不能吃了，砸了核儿吃仁，也还可充饥。当然，那杏核若是苦的，也就没办法了。

不过还可卖苦杏仁，也是一味药材。

现代社会令人眼花缭乱，每个人在某种意义上说，都是孤陋寡闻的。你在你的行业里是专家里手，在其他领域里，完全可能是白痴。这不是羞愧的事情，坦率地流露惊奇，表示自己对这一方面的无知以及求知的探索，是一种可嘉的勇气。

更不消说我国自古就有道高一尺、魔高一丈的传统。恕我悲观，辨假永远也赶不上造假。消费者书生意气纸上谈兵，造假者磨刀霍霍鼎力革新。以单一的柔软的消费者对抗虎视眈眈的造假者，我等甘拜下风。

小孩子是常常说真话的。人在成长中锻炼出抑制说真话的本领，随着年岁的增加，说真话的频率便越来越少。到了老年，又渐渐地说起真话来。

所以真话是一种离新生和死亡都比较近的品质。

不要以为所有的谎言都是恶意，善良更容易把我们载到谎言的彼岸。

有些事物和人物的价值，就是在我们看不到的地方影响着我们。

快乐的核心是什么？是责任。完成的责任越重大越艰苦，它带给人的快乐越深刻越长久。

人的记忆大体分为两种类型。

一是善于遗忘痛苦，一是善于铭记痛苦。

前者多豁达，后者多建树。

幸福就是没有痛苦的时刻。它出现的频率并不像我们想象的那样少。人们常常只是在幸福的金马车已经驶过去很远，拣起地上的金鬃毛说，原来我见过它。

助手有两种。一种是甘心情愿做助手，永远的助手。一种是在学习和准备着，随时打算不做助手。

前一种人忠诚有余机变不足，后一种人有野心，经常逾越助手的位置。而将两者结合在一起的助手，还没有出生。

一个好的主意，往往是在混乱中产生的。犹如最好的蘑菇，寄生于朽木。

丰收的季节，先不要去想可能的灾年，我们还有漫长的冬季来得及考虑这件事。我们要和朋友们跳舞唱歌，渲染喜悦。既然种子已经回报了汗水，我们就有权沉浸幸福。不要管以后的风霜雨雪，让我们先把麦子磨成面粉，烘一个香喷喷的面包。

如果我们不同意某个问题，我们有两种可以选择的方式。一是反对，一是等待。反对是寄予自身的力量，等待是遵循事物发展的规律。

见多未必识广。有的人见得多了，只是助长了骄气、狂气、奢气、匪气……反倒比孤陋寡闻的人离知识更远。

　　见闻只有进入智慧的大脑，才可化为养料。

　　世界上有一些仇恨和一些恩情是无法还报的。遇到这种时候，我们只有远远地走开。

　　我愿同智商很高的人对话，愿同智商稍高于我的人共事。

　　与挣钱相比，花钱更能显示出一个人的眼光与趣味。挣钱是光凭气力就可做到的事，花钱还需智慧。

　　如果你一时分辨不出一个人的品行，就去看他怎样花钱。一掷千金的是纨绔和诗人，量入为出的是节俭和主妇。张弛有序的是大家和智者，首尾不顾的是愚妇和莽汉……假如他根本就不花钱，除了极端的悭吝，就是一个缺乏生活情趣的人。

　　人到无求，心必坦荡，言必真诚，志必磊落，行必光明。▌

坦言——心灵的力量：
学会坦言，
会对你的一生产生重大影响

在报上看到两个年轻人的故事。他们非常聪明，是很好的朋友，都有硕士学位，并且在证券业有骄人的成就。其中一位还获得过全国证券交易排行榜第五名。

他们可谓少年得志，面前也有辉煌的前景。受一位朋友的引荐，他们双双接受一家公司的委托，成为国债交易的操盘手。应该说，他们工作很努力，三个月后，他们已经为公司净赚了 200 万元。但是，公司一直未与他们签订聘用合同，也没有在提成方面有一个明确的分配。他们内心不平衡。甲就对乙说，咱们给公司赚了那么多钱，他们对我们也没有个交代，找个时间把国债做一下，给公司施加一点压力。

两个人策划之后，一个自以为得计的阴谋形成了。他们又找到了在武汉也是做操盘手的丙，让他准备一笔2000万的款子，伺机而动。

约定的日子到了。他们的手法说复杂很复杂，不在其中的人，是绝不能操纵成功的。说简单也简单，就是甲和乙不按常理，在开盘集体竞价的时候，把一只头一天还报113元卖出的国债，共计4万手，按80块钱卖出，企图让武汉的丙把它们买下来。最后给公司造成了400万元的损失。

现在，这两位曾经才华横溢、前程远大的青年，在铁窗内度日。他们的一生将因此笼罩在巨大的阴影中。在牢狱中，他们叹息自己不懂法律，付出了惨痛的代价。也许法学家或是金融学家能从这一案例当中分析出各种经验教训，在我看来，还有一个极为重要的方面不应被忽视。

这一起重大案件的起因，就是因为甲和乙的心理不平衡造成的。他们还不够有经验，在和公司合作伊始没有把劳务合同和奖惩条例签好，这是他们的一个失误。有了失误，可以挽回，他们本可以向公司方面坦陈自己的意见，来个亡羊补牢。可是，他们似乎根本就没有朝这个正确的方向努力，而是一步就迈向了法律所禁止的边缘，开始了犯罪的谋划。

我们常常听到这样的故事。一对年轻人，彼此都很有好感，可是谁都没有勇气表白自己的内心。于是无数的旁敲侧击、无数的委屈和误会、无数的试探和揣摩，窗户纸始终不能捅破。结果呢，清高占了上风，谁都等着对方说第一句话，最后不了了之。漫长岁月后，都已人到暮年，再次重逢坦露心迹，才知彼此的家庭都不幸福，后悔当年的迟疑。但现实是残酷的，逝去的青春不可能改写，只能存留永远的遗憾。

回想我们的经历，真是有太多时候我们没有勇气将自己的真实想法和盘托出，我们一厢情愿期待着事件按照我们的想象向前发展。可惜这样的机遇总是十分稀少，不如意者十之八九。一旦失望，要么退避躲让，要么走向极端，却忘了一条最直接最简单的捷径，那就是——坦言。

其实，如果那两个年轻的操盘手在走马上任三个月后，认为没有得到相应的待遇，心中愤愤，就可以直截了当地提出意见，争取自己的利益。如果公司方面答复不如意，他们也可以用更坚决更理智的方法争取合法权益。可惜啊，他们舍近求远，他们弃易取难，甚至不惜用犯罪这样极端的手段，来达到一个原本正当的目的。

世上有多少痛苦和支离破碎，是因为双方的故弄玄虚而致？世上有多少悲剧，是因为误解和朦胧而发生？世间有多少罪恶，是因为隔膜和延宕而萌生？世上有多少流血和战争，是因为彼此的关闭和封锁而爆发？

坦言的"坦"字，在字典里的含义是"平"。把自己想要表达的意见一马平川地说出来，不遮掩，不隐藏，不埋设地雷，不挖掘壕沟，不云山雾罩，也不神龙见首不见尾……清晰明白，心平气和，这是做人的基本功之一。

坦言常常被误认为是缺少城府、涉世不深，其实这是一个天大的误会。在素以严谨著称的外交谈判中，坦率也是一个使用频率极高的词语。越是面对分歧和隔阂，越需要开诚布公的坦言。

有人以为坦言是一个技术性的问题，以为掌握了若干讲话的小诀窍就可游刃有余，其实坦言的基础是一个心理素养的问题。

首先，你要是一个襟怀坦荡、敢于负责的人。它不是阿谀奉承的话，也不是人云亦云的话。它是你自我思考的结晶，它将透露你的真实想法，所包含的信息和观点，是你人格的体现。如果你畏葸求全，唯马首是瞻，那么，你无法坦言。

坦言，说起来容易，真正做起来，那过程往往令人不安和焦灼。可能是一个集会或课堂的公开发言，也可能是和你的上司或师长的对谈，可能是面对心仪的异性的首次表白，也可能是因为我们的过失而道歉和忏悔……总之，坦言是一次精神和语言的冒险，其中蕴涵着情感的未知和不可预测的反应。

然而，尽管困难重重，我们还是需要坦言。坦言是一种勇敢，因为你面对世界发出了独属于你的声音。坦言是一种敢作敢当的尝试，因为你们既不是权势的传声筒，也不是旁人的回音壁。即使你的声音是多么微弱和幼稚，那也是出于你的喉咙，它昭示了你的独立和思索。

有人以为坦言是不安全的，藏藏掖掖才是老练。我要说，往往你以为最不保险的地方才是最安全的。社会节奏如此之快，你吞吞吐吐，别人怎能知晓你繁复的内心活动？如果说在缓慢的农耕社会，人们还可以容忍剥笋抽丝的离题万里，那么在现代，坦言简直就是人生的必修课。

有人以为坦言仅仅是嘴皮子上的功夫，其实不然。有人无法坦言，是因为他不知道自己究竟需要坚守怎样的观点。坦言建筑在对自己和对社会的深切了解之上。如果你反对，你就旗帜鲜明。如果你热爱，你就如火如荼。如果你坚持，你就矢志不渝。如果你选择，你就当机立断。

年轻人有一个容易犯的毛病，就是假装深沉。这个责任不在青年，而是我们民族的约定俗成中，不恰当地推崇少年老成。年轻人的特点就是反应机敏、头脑灵活、快人快语。如果强做拖沓徐缓之状，那是对青春活力的不敬。说话不在缓急，而在其中是否蕴含真情、富有真知灼见。如果一位老年人言之无物，看他体弱健忘的份儿上，人们还能有几分谅解的话；年轻人的故作深沉，只能让人生出悲哀。老年人对于新生事物，难免倦怠，但一个年轻人，违背天性，欲盖弥彰，那简直就是逃避和无能的同义词了。

坦言的核心是自信，是尊重自己，也尊重他人。你值得我信任，所以我对你说真话。你可以拒绝我的意见，但不要轻视我的热情。我相信我自己是有价值的，所以我能够直率地面向这个世界。

学会坦言，会对人的一生产生重大的影响。我看过很多应聘成功的例子，那骨子里很多是面对权威的坦言。坦言常常更快地显露你的人品和才华，显露你应变的能力潜藏着能量。坦言是现代社会人际互动中极富建设性的策略，是一种建立良好情感环境的强大助力。

很多人在开始尝试坦言的时候常易紧张和失态，如同一只刚刚出壳的小鸡，感到湿漉漉的寒冷。但是。你一定要坚持下去，你一定会渐渐地熟练。坦言之后，即使被心爱的异性拒绝，也比潜藏着愿望追悔一生要好。即使得罪了昏庸的上级，也比唯唯诺诺丧失了人格要好。因为坦言，我们把自己的弱点暴露在光天化日之下，就更有了改正和提升的动力。因为坦言，我们会结识更多肝胆相照的朋友，会获得更多打磨历练的机遇。

珍惜坦言。那是一种心灵力量的体现，我们的意志在坦言中锤打，变得坚强。我们的勇气在坦言中增强，变得坚定。我们的爱在坦言中经受风雨，变成养料。我们的友谊在坦言中纯粹，变得醇厚。

坦言会让我们失去面纱，得到赤裸裸的真实。世上有很多人是经受不起坦言的，一如雪人不能和春风会面。但是，这正说明了坦言的宝贵。从年轻就学会坦言，那就等于你获得了一棵延年益寿的心理灵芝。你可以在有限的时间内得到更多行动和交流的自由。

珍惜愤怒：
只要不丧失理智，
愤怒便充满活力

小时候看电影，虎门销烟的英雄林则徐在官邸里贴一条幅"制怒"。由此知道，怒是一种凶恶而丑陋的东西，需要时时去制伏它。

长大后当了医生，更视怒为健康的大敌。师传我，我授人：怒而伤肝，怒较之烟酒对人危害更烈。人怒时，可使心跳加快，血压升高，瞳孔散大，寒毛竖紧……一如人们猝然间遇到老虎时的反应。

怒与长寿，好像是一架跷跷板的两端，非此即彼。

人们渴望强健，人们于是憎恶愤怒。

但我愿以我生命的一部分为代价，换取永远珍惜愤怒的权利。

愤怒是人的正常情感之一，没有愤怒的人生，是一种残缺。当你的尊严被践踏，当你的信仰被玷污，当你的家园被侵占，当你的亲人被残害，你难道不滋生出火焰一样的愤怒吗？当你面对丑恶，面对污秽，面对人类品质中最阴暗的角落，面对黑夜里横行的鬼魅，你难道能压抑住喷薄而出的愤怒吗？

愤怒是我们生活中的盐。当高度的物质文明像软绵绵的糖一样簇拥着我们的时候，现代人的意志像被泡酸了的牙一般软弱。小悲小喜缠绕着我们，我们便有了太多的忧郁。城市人的意志脱了钙，越来越少倒拔垂杨柳、强硬似铁、怒目金刚式的愤怒，越来越少见幽深似海——水波不兴却蕴育极大张力的愤怒。

没有愤怒的生活是一种悲哀，犹如跳跃的麋鹿丧失了迅速奔跑的能力，犹如敏捷的灵猫被剪掉胡须。当人对一切都无动于衷，当人首先戒掉了愤怒，随后再戒掉属于正常人的所有情感之后，人就在活着的时候走向了永恒——那就是死亡。

我常常冷静地观察他人的愤怒，我常常无情地剖析自己的愤怒，愤怒给我最深切的感受是真实，它赤裸而新鲜，仿佛那颗勃然跳动的心脏。

喜可以伪装，愁可以伪装，快乐可以加以粉饰，孤独忧郁能够掺进水分，唯有愤怒是十足成色的赤金。它是石与铁撞击那一瞬痛苦的火花，是以人的生命力为代价锻造出的双刃利剑。

喜更像是一种获得，一种他人的馈赠。愁则是一枚独自咀嚼的青橄榄，苦涩之外别有滋味。唯有愤怒，那是不计后果、不顾代价、无所顾忌的坦荡的付出，在你极度愤怒的刹那，犹如裂空而出、横无际涯的闪电，赤裸裸地坦露了你最隐密的内心。因此，你想认识一个人，你就去看他的愤怒吧！

愤怒出诗人，愤怒也出统帅，出伟人，出大师，愤怒驱动我们平平常常的人做出辉煌的业绩。只要不丧失理智，愤怒便充满活力。

怒是制不伏的，犹如那些最优秀的野马，迄今没有任何骑手可以驾驭它们。愤怒是人生情感之河奔泻而下的壮丽瀑布，愤怒是人生命运之曲抑扬起伏的高亢音符。

珍惜愤怒，保持愤怒吧！愤怒可以使我们年轻。纵使在愤怒中猝然倒下，也是一种生命的壮美。

女儿，你是在织布吗：
人若是心静如水，
织的布才会如绸缎般光滑

正式写作十年以后，我完成了第一部长篇小说，名为《红处方》。之前，我一直踌躇，要不要写长篇小说？它对人的精神和体力，都是一场马拉松。青年时代遭过苦的人，对所有长途跋涉，都要三思而后行。有几位我所尊敬的作家，写完长篇后撒手人寰，使我在敬佩的同时，惊悸不止。最后还是决定写，因为我心中的这个故事，激我向前。

对生活的感受，像一些彩色的布。每当打开包袱皮，它们就跳到眼前。我慢慢地看着想着，估摸着自己的手艺，不敢贸然动笔。

其中有一堆素色的棉花，沉实地裹成一团。我因为它的滞重而绕过，它又在暗夜的思索中，经纬分明地浮现在脑海。

它是我在戒毒医院的身感神受。也许不仅仅是那数月的有限体验，也是我从医二十余年心灵感触的凝聚与扩散。我又查阅了许多资料，几乎将国内有关戒毒方面的图书读尽。

以一位前医生和一位现作家为职业的我，感到一种不可推卸的责任。

我是一个视责任为天职的人。

我决定写这部长篇小说。前期准备完成以后，接下来具体问题就是——在哪里写呢？古话说，大隐隐于市。我不是高人，没法去北京安下心来。便向领导告了假，回到母亲居住的地方。那是北方的一座小城，父亲安息在那片土地上。

幽静的院落被深沉的绿色萦绕，心境浸入生命晚期的苍凉。

母亲想让我在一间大大的朝阳房屋里写作，那儿宽敞豁亮。我选定了父亲生前的卧室，推开门来，一种极端的整洁和肃穆结在每一立方厘米空气中。父亲巨大的遗像，关切地俯视着我。正是冬天。母亲说，这屋冷啊。我说，不怕。我希望自己在写作的全过程中，始终感到微微的寒意，它督我努力，促我警醒。

在大约三个月的时间里，我日出而作，日落而息，像工厂的工人一般准时，每天以大约五千字的匀速推进着。有时候，我很想写得更多一些，汹涌的思绪，仿佛要代替我的手指敲击计算机键盘，欲罢不能。但我克制住激情，强行中止写作，去和妈妈聊天。这不但是写作控制力的需要，更因为我既为人子，居在家中，和母亲的交流就是非常重要的事情。母亲从不问我写的是什么，只是偶尔推开房门，不发出任何声响地静静看着我，许久许久。我知道这种探望对她是何等重要，就隐忍了很长时间，但终有一天耐不住了，对她说，妈，您不能时不时地这样瞧着我。您对我太重要了，您一推门，我的心思就立刻集中到您身上，事实上停止了写作。我没法锻炼出对您的出现，置若罔闻的能力……

从此母亲不再看我，只是与我约定了每日三餐的时间，到了吃饭的钟点，要我自动走出那间紧闭的屋子，坐到饭厅。偶尔我会沉浸在写作的惯性中，忘了时辰，母亲会极轻地敲敲门。我恍然大悟地跑出去，母亲守在餐桌旁，菜已凉，粥已冷，馒头不再冒汽，面条凝成一坨……

打印出的稿纸越积越厚了。母亲有一次对我说，女儿，你是在织布吗？

我说，布是怎样织出来的，我没见过啊。

母亲说，要想织出上等的好布来，织布的女人，就得钻到一间像地窖样的房子里，每日早早进屋，晚晚出来，别人不能打搅，她也不跟别人说话。

我说，布难道也像冬储大白菜似的，需遮风避雨不见光吗？

母亲说，地窖里土气潮湿，布丝不易断，织出的布才平整。人心绪不一样，手下的劲道也是不同的。气力有大小，布的松紧也就不相同。人若是能心静如水，胸口里的那股气饱满均匀，绵绵长长地吐出来，织的布才会像绸子一般光滑。

　　母亲的话里有许多深刻的道理，可惜我听到它的时候，生平的第一匹长布，已是疙疙瘩瘩快要织完了。

　　好在我以后还会不断地织下去，穷毕生精力，争取织出一幅好布。

素面朝天：
磨砺内心比油饰外表要难得多，犹如水晶与玻璃的区别

素面朝天。

我在白纸上郑重地写下了这个题目。夫走过来说，你是要将一碗白皮面，对着天空吗？

我说有一位虢国夫人，就是杨贵妃的姐姐，她自恃美丽，见了唐明皇也不化妆，所以就被称为……夫笑了，说，我知道。可是你并不美丽。

是的，我不美丽。但素面朝天并不是美丽女人的专利，而是所有女人都可以选择的一种生活方式。

看看我们周围。每一棵树、每一叶草、每一朵花，都不化妆，面对骄阳、面对暴雨、面对风雪，它们都本色而自然。它们也会衰老和凋零，但衰老和凋零也是一种真实。作为万物灵长的人类，为何要将自己隐藏在脂粉和油彩的后面？

见一位化过妆的女友洗面，红的水黑的水蜿蜒而下，仿佛洪水冲刷过水土流失的山峦。那个真实的她，像在蛋壳里窒息得过久的鸡雏，渐渐苏醒过来。我觉得这个眉目清晰的女人，才是我真正的朋友。片刻前被颜色包裹的那个形象，是一个虚伪的陌生人。

脸，是我们与生俱来的证件。我的父母凭着它辨认出一脉血缘的延续；我的丈夫，凭着它在茫茫人海中将我找寻；我的儿子，凭着它第一次铭记住了自己的母亲……每张脸，都是一本生命的图谱。连脸都不愿公开的人，便像捏着一份涂改过的证件，有了太多的秘密。所有的秘密都是有重量的。背着化过妆的脸走路的女人，便多了劳累，多了忧虑。

化妆可以使人年轻，无数广告喋喋不休地告诫我们。我认识的一位女郎，盛妆出行，艳丽得如同一组霓虹灯。一次半夜里我为她传一个电话，门开的一瞬，我惊愕不止。惨亮的灯光下，她枯黄憔悴如同一册古老的线装书。"我不能不化妆。"她后来告诉我，"化妆如同吸烟，是有瘾的，我现在已经没有勇气面对不化妆的我。化妆最先是为了欺人，之后就成了自欺。我真羡慕你啊！"从此我对她充满同情。

我们都会衰老。我镇定地注视着我的年纪，犹如眺望远方一幅渐渐逼近的白帆。为什么要掩饰这个现实呢？掩饰不单是徒劳，首先是一种软弱。自信并不与年龄成反比，就像自信并不与美丽成正比，勇气不是储存在脸庞里，而是掌握在自己手中。化妆品不过是一些高分子的化合物、一些水果的汁液和一些动物的油脂，它们同人类的自信与果敢实在是不相干的东西。犹如大厦需要钢筋铁骨来支撑，而绝非几根华而不实的竹竿。

常常觉得化了妆的女人犯了买椟还珠的错误。请看我的眼睛！浓墨勾勒的眼线在说。但栅栏似的假睫毛圈住的眼波，却暗淡犹疑。请注意我的口唇！樱桃红的唇膏在呼吁。但轮廓鲜明的唇内吐出的话语，却肤浅苍白……化妆以醒目的色彩强调以至强迫人们注意的部位，却往往是最软弱的所在。

磨砺内心比油饰外表要难得多，犹如水晶与玻璃的区别。

不拥有美丽的女人，并非也不拥有自信。美丽是一种天赋，自信却像树苗一样，可以播种，可以培植，可以蔚然成林，可以直到地老天荒。

我相信不化妆的微笑更纯洁而美好，我相信不化妆的目光更坦率而真诚，我相信不化妆的女人更有勇气直面人生。

有时候若不是为了工作，假若不是出于礼仪，我这一生，将永不化妆。▌

幸福是一种内心的稳定：
我40岁才明白什么是幸福

我到40多岁的时候才觉得幸福是那么重要，此前我一直觉得自己不是一个幸福的人。后来我才知道，是我错了，幸福不是那么惊天动地的，不是那么大张旗鼓的，不是像我们想象的需要很多的金钱、需要那种万丈光芒的时刻。只要我们每一个人努力去争取、去奋斗，我们就会享有自己的幸福。

我最早关注到幸福这个问题，其实还是得益于一位德国的哲学家费尔巴哈。他说过，人活着的第一要务就是要使自己幸福。我当时看到这个说法挺惊讶的。我们会觉得我们有很多的小目标，我们会被这个社会的大舆论所引导，被一些潮流所裹挟。可是，你一定要清楚，这一生最重要的事情是让自己幸福。

我刚才说过，我到 40 岁的时候才明白了这些事情，源于那时我看到一个小故事：西方某个国家在进行的一个调查研究，题目是《谁是世界上最幸福的人》。因为在报纸上发出了征集答案的征文，成千上万的信函就飞到了报社。报社组织了一个评选委员会，想看看民众中对于幸福、对于谁是最幸福的人有怎样的答案。最后，按照得票的多少，第一名是给自己的孩子洗完澡后怀抱婴儿的妈妈；第二名是给病人治好了病后目送那个病人远去的医生；第三名是，孩子在海滩上自己筑起一个沙堡，夕阳西下的时候，这个孩子看着自己筑起的沙堡时自得其乐的微笑；第四名是给自己的作品画上句号的作家。

我看到这个答案以后，心里充满了悲凉。在某种程度上，这四种幸福在那个时候的我身上其实都已经历过。我有孩子，给他洗过澡，有抱过他的时候；我原来是医生，也有治好病人目送病人出院的时候；我可能没有在海滩上筑起过沙垒，但是在我们家附近工地上的沙堆挖过坑，然后看着旁边的人不小心掉进去；那时候我已经开始写作，所以也给自己作品画上过句号。我之所以难过，是因为我集这些幸福于一身，可是我未曾感到幸福。我想，不是世界错了，是我自己错了。我对于幸福的认识和把握，对它的追求，其实有重大的误区。就在这种情况下，我写了一篇散文叫《提醒幸福》，后来收入全国统编教材二年级语文里面。

四十不惑，中国的古话很有道理，时候不到真的不行，到了之后突然就明白了，所以我 40 多岁才明白了幸福。我现在看年轻时候写的日记，怎么能有那么多痛苦，但现在其实已经全忘记了。我原来觉得幸福是毫无瑕疵的，它应该没有任何阴影，应该那样纯粹和美好。但我现在要告诉你们，幸福其实是一种内心的稳定，我们没有办法决定外界的所有事情，但是我们可以决定自己内心的状态。或者简单地说，幸福其实是灵魂的成就。

我特别希望，年轻的朋友们从现在开始就懂得珍惜自己的生命和幸福，能明白所有的困苦都是生命过程中我们必然会遇到的。20多岁就能明白幸福该多好，你们会减少很多苦闷。当然，其实无论什么时候认识到幸福对我们如此重要都不晚，只要生命存在，我们就依然可以学习、可以成长。

在我明白了幸福以后，最重要的一个改变是，我觉得人生可以把握了。在此之前，我能把握的部分很少，因为心灵内部的那种无助感，那种随波逐流，那种对前程的不确定感，所以常常有一种深层的不安存在着。我现在越来越安宁了，我知道世上有一些事情我无能为力，这些我们都不要去费气力了。但是有一部分是可以改变的，我们怎么看待自己，怎么看待世界，我们把能改变的那部分尽我所能，按照我们的意志去加以改变。把这些事情做好以后，我心里面的稳定感就极大地增强了。我知道我一定会有灾难，因为世上不可能都是阳光灿烂的日子；也知道一定会有人性的幽暗之处在四面八方存在着，而当我把它们看得更清楚以后，我反倒对这个世界多了一份理解。我现在会觉得，这个世界就是如此泥沙俱下，但我依然对它充满希望，依然可以安然面对。

我学习心理治疗的时候接受的是人本主义的流派，我特别喜欢马斯洛说过的一句话："做人是一件有希望的好事情。"我觉得人本主义流派有两大重要的出发点：一个是人性本善，另一个是人是可以改变的。我特别喜欢这两个基本的出发点，第一个和我们儒家"人之初性本善"的观点天然吻合；关于第二个，其实任何时候我们都不要把这个世界和自己看得太悲观，我们应该对别人和自己都充满希望。我喜欢这样的一个流派。

我当心理医生的时候，听过许多苦难、挫折、沮丧、悲哀甚至仇恨的诉说。这让我感动于人世中相依为命的信任感和生命处于困境仍寻求解脱之法的韧性。这会让我有一种很坚定的信念，即我在这种危机的时刻要和他们在一起，要尽我的力量，以我内心的温暖去帮助他们。但我仍然知道，每个人的命运是由自己决定的，最后的决定权在他们自己手里，而我会将自己一生所经历的艰难困苦中收获的经验与之分享，会尽我所能帮助他们走过生命中非常泥泞而混乱的时期。当然，我也会确保自己内心的坚定，而不被那种滚滚的浊流所吞没，我们只是助人自助，最终的力量还是要来自对方的内心。▮

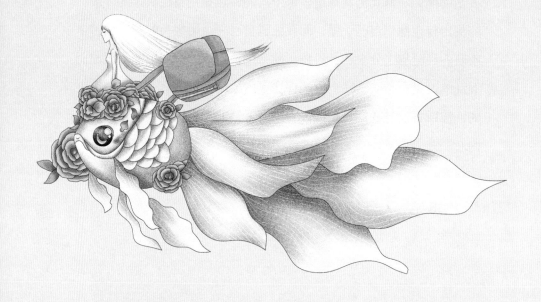

Part 3

没人能承诺
我们一生晴天

心中没有希望，

到哪里都不是理想的抛锚地，

而只要生命还在，希望就能萌生。

平安扣：
没人能承诺我们一生晴天，
每个人都是自己的平安扣

女友送我一只翡翠平安扣，红丝绳系着。它碧绿地沉重地坠在我的胸口，澄清中透出云雾状的"棉"，水色迷蒙。扣的正中心有一个完整的孔，仿佛一只竹箫横断。清冽的空气在扣中穿行，染出一缕青黛。

我问友人："它是真的翡翠吗？"友人说："只是经过化学处理的石头而已。"

我把平安扣摘下来说："既然是假的，那还有什么意思呢？我看着平安扣，倒是很像一枚铜钱的。"

朋友抚摸着平安扣说："它和铜钱实在是大不相同。铜钱外圆内方，上书'××通宝'的字样，内芯尖锐刻板，实在是锱铢必较之相。平安扣不着一字，外圈是圆的，象征着辽阔天地混沌无限，内圈也是圆的，祈愿着我们内心的平宁安远。在它微小的空间里，蕴涵了整个壮丽的大自然。它昭示当你的心与天地一致时，便有了伟大的包容与协调，锁定了你的平安。"

我叹了口气说："讲得虽好，但世事维艰，我们脆弱的心，在历经沧桑之后，怎样还能清风朗月圆润如初？"

友人陪着我叹气说："是啊！没人能承诺我们一生永远晴天，没人能预知草莽中潜藏着毒蛇，没人能勾勒出命运的风刀霜剑，没人能掐算出何时将至大限……从这个意义上讲，纵用尽天下翡翠，打凿出如泰山那般大的一枚巨型平安扣，悬挂在星辰间，也是没有丝毫用处的。然而，外界虽不能把握，内心却可以调适。任你弱水三千，我自谈笑风生，谁又能奈何我们呢？你我也许不知道，命运将在哪一个急转弯处踉跄跌倒，但我们确知，即使匍匐在地，也依然强韧地准备着爬起……"

我把石头雕成的平安扣重又挂在颈上。友人说："送你的翡翠是假，平安的祝福是真。每个人，都是自己的平安扣啊！"▍

你不能要求没有风暴的海洋：
心中没有希望，
到哪里都不是满意的抛锚地

痛苦和磨难，是人生不可分割的一部分。

生命没有了苦难，也就失去了框架。很多自杀的人，就是因为没有理会这种意义，一厢情愿地认为，生命是应该只有甘甜没有挫败的。特别是在恋爱早期那种汹涌的荷尔蒙带来的欢愉，让人把激情当成了常态。

生命的常态，其实就是平稳和深邃，还有暗流。在最深刻的层面，我们不单与别人是分离的，而且与世界也是分离的，兀自踯躅前行。

　　每个人的生命中必定下雨，就像坏天气也是大自然的一部分。某些日子势必黑暗又荒凉，就像你不可能总是吃细粮，那样你就会得大肠癌，你一定要吃粗纤维。坏天气、悲剧、死亡、生病，都是生命中的粗纤维，我们只有安然接纳。

　　真有些非常倒霉的人，叫你简直都不知道跟他说什么好。所有的语言都是多余的，真不知道命运为什么如此苛待于他。然而仍然不能放弃希望。放弃了，就真的一无所有了。这时，我们需要的便是勇气，便是稳定地活着：没有丝毫的自欺，执掌着非常强大的安全感，对宇宙有一种敬畏和信赖。心中没有希望，到哪里都不是理想的抛锚地，而只要生命还在，希望就能萌生。

　　生命的每一步都带着人们向死亡之境跌落。不要存在幻想，这才让你比较持久稳定，安然地居住在孤独中。胸中如有千沟万壑、千军万马，只有接受这一事实，我们才能超越苦难与死亡，腾起在空中，看清生命的意义。

　　你不可能要求一个没有风暴的海洋。那不是海，是泥潭。

何时才能外柔内刚：
外柔需要内刚做基础，
内刚要靠自我的不断探索

在咨询室米黄色的沙发上，安坐着一位美丽的女性。她上身穿着宝蓝色的真丝绣花 V 领上衣，衣襟上一枚鹅黄水晶的水仙花状胸针熠熠发亮。下着一条乳白色的宽松长裤，有一种古典的恬静花香弥散出来。服饰反射着心灵的波光，常常从来访者的衣着就能窥到他内心的律动。但对这位女性，我着实有些摸不着头脑。她似乎很能控制自己的情绪，安宁而胸有成竹，但眼神中有些很激烈的精神碎屑在闪烁。她为何而来？

您一定想不出我有什么问题。她轻轻地开了口。

我点点头。是的，我猜不出。心理医生是人不是神。我耐心地等待着她。我相信她来到我这儿，不是为了给我出个谜语来玩。

她看我不搭话，就接着说下去。我心理挺正常的，说真的，我周围的人有了思想问题都找我呢！大伙儿都说我是半个心理医生。我看过很多心理学的书，对自己也有了解。

她说到这儿，很注意地看着我，我点点头，表示相信她所说的一切。是的，我知道有很多这样的年轻人，他们渴望了解自己也愿意帮助别人。但心理医生要经过严格的系统的训练，并非只是看书就可以达到水准的。

我知道我基本上算是一个正常人，在某些人的眼中，我简直就是成功者。有一份薪水很高的工作，有一个爱我、我也爱他的老公，还有房子和车，基本上也算是快活。可是，我不满足。我有一个问题——就是怎样才能做到外柔内刚？

我说，我看出你很苦恼，期望着改变。能把你的情况说得更详尽一些吗？有时，具体就是深入，细节就是症结。

宝蓝绸衣的女子说，我读过很多时尚杂志，知道怎样颔首微笑怎样举手投足。你看我这举止打扮，是不是很淑女？我说，是啊。

宝蓝绸衣女子说，可是这只是我的假象。在我的内心，涌动着激烈的怒火。我看到办公室内的尔虞我诈，先是极力地隐忍。我想，我要用自己的善良和大度感染大家，用自己的微笑消弭裂痕。刚开始我收到了一定的成效，大家都说我是办公室的一缕春风。可惜时间长了，春风先是变成了秋风，后来干脆成了西北风。我再也保持不了淑女的风范。开业务会，我会因为不同意见而勃然大怒，对我看不惯的人和事猛烈攻击，有的时候还会把矛头直接指向我的顶头上司，甚至直接顶撞老板。出外办事也是一样，人家都以为我是一个弱女子，但没想到我一出口，就像上了膛的机关枪，横扫一气。如果我始终是这样也就罢了，干脆永远的怒目金刚也不失为一种风格。但是，每次发过脾气之后，我都会飞快地进入后悔的阶段，我仿佛被鬼魂附体，在那个特定的时辰就不是我了，而是另一个披着我的淑女之皮的人。我不喜欢她，可她又确确实实是我的一部分。

看得出这番叙述让她堕入了苦恼的渊薮，眼圈都红了。我递给她一张面巾纸，她把柔柔的纸平铺在脸上，并不像常人那般上下一通揩擦，而是很细致地在眼圈和面颊上按了按，怕毁了自己精致的妆容。待她恢复平静后，我说，那么你理想中的外柔内刚是怎样的呢？

宝蓝绸衣女子一下子活泼起来，说我给你讲个故事吧。那时我在国外，看到一家饭店冤枉了一位印度女子，明明道理在她这边，可饭店就是诬她偷拿了某个贵重的台灯，要罚她的款。大庭广众之下，众目睽睽的，非常尴尬。要是我，哼，必得据理力争，大吵大闹，逼他们拿出证据，否则绝不甘休。那位女子身着艳丽的纱丽，长发披肩，不温不火，在整整两个小时的征伐中，脸上始终挂着温婉的笑容，但是在原则问题上却是丝毫不让。面对咄咄逼人的饭店侍卫的围攻，她不急不恼，连语音的分贝都没有丝毫的提高，她不曾从自己的立场上退让一分，也没有一个小动作丧失了风范，头发丝的每一次拂动都合乎礼仪。

那种表面上水波不兴骨子里铮铮作响的风度，真是太有魅力啦！宝蓝绸衣女子的眼神充满了神往。

我说，我明白你的意思了，你很想具备这种收放自如的本领。该硬的时候坚如磐石。该软的时候绵若无骨。

她说，正是。我想了很多办法，真可谓机关算尽，可我还是做不到。最多只能做到外表看起来好像很镇静，其实内心躁动不安。

我说，当你有了什么不满意的时候，是不是很爱压抑着自己？宝蓝绸衣女子说，那当然了。什么叫老练，什么叫城府，指的就是这些啊。人小的时候天天盼着长大，长大的标准是什么？这不就是长大嘛！人小的时候，高兴啊懊恼啊，都写在脸上，这就是幼稚，是缺乏社会经验。当我们一天天成长起来，就学会了察言观色，学会了人前只说三分话，未可全抛一片心。风行社会的礼仪礼貌，更是把人包裹起来。我就是按着这个框子修炼的，可到了后来，我天天压抑着自己的真实情感，变成了一个面具。

我说，你说的这种苦恼我也深深地体验过。在阐述自己观点的时候，在和别人争辩的时候，当被领导误解的时候，当自己一番好意却被当成驴肝肺的时候，往往就火冒三丈，也顾不得平日克制而出的彬彬有礼了，也记不得保持风范了，一下子义愤填膺，嗓门也大了，脸也红了。

听我这么一说，宝蓝绸衣的女子笑起来说，原来世上也有同病相怜的人，我一下子心里好过了许多。只是后来您改变了吗？

我说，我尝试着改变。情绪是一点一滴积累起来的，我不再认为隐藏自己真实的感受，是一项值得夸赞的本领。当然了，成人不能像小孩子那样，把所有的喜怒哀乐都写在脸上，但我们的真实感受是我们到底是一个怎样的人的组成部分。如果我们爱自己，承认自己是有价值的，我们就有勇气接纳自己的真实情感，而不是笼统地把它们隐藏起来。一个小孩子是不懂得掩饰自己的内心的，所以有个褒义词叫作"赤子之心"。当人渐渐长大，在社会化的过程中，学会了把一部分情感埋在心中。在成长的同时，也不幸失去了和内心的接触。时间长了，有的人以为凡是表达情感就是软弱，要把情感隐蔽起来，这实在是人的一个悲剧。

我们的情感，很多时候是由我们的价值观和本能综合形成的。压抑情感就是压抑了我们心底的呼声。中国古代就知道，治水不能"堵"，只能疏导。对情绪也是一样，单纯的遮蔽只能让情绪在暗处像野火的灰烬一样，无声地蔓延，在一个意想不到的地方猛地蹿出凶猛的火苗。这个道理想通之后，我开始尊重自己的情绪，如果我发觉自己生气了，我不再单纯地否认自己的怒气，不再认为发怒是一件不体面的事情，也不再竭力用其他的事件分散自己的注意力。因为发自内心的愤怒在未被释放的情况下，是不会像露水一样无声无息地渗透到地下销声匿迹的，它们潜伏在我们心灵的一角，悄悄地发酵，膨胀着自己的体积，积攒着自己的压力，在某一个瞬间，就毫不留情地爆发出来。

如果我发觉自己生气了，就会很重视内心感受，我会问自己，我为什么而生气？找到原因之后，我会认真地对待自己的情绪，找到疏导和释放的最好方法，再不让它们有长大的机会。举个小例子，有一段时间我一听到东北人说话的声音心中就烦，经常和东北人发生摩擦，不单在单位里，就是在公共汽车上或是商场里，也会和东北籍的乘客或是售货员争吵。终于有一天，我决定清扫自己这种恶劣的情绪。我挖开自己记忆的坟墓，抖出往事的尸骸。那还是我在西藏当兵的时候，一个东北人莫名其妙地把我骂了一顿，反驳的话就堵在我的喉咙口，但一想到自己是个小女兵，他是老兵，我该尊重和服从，吵架是很幼稚而不体面的表现，就硬憋着一言不发。那愤怒累积着，在几十年中变成了不可理喻的仇恨，后来竟到了只要听到东北口音就过敏反感，非要吵闹才可平息心中的阻塞，造成了很多不必要的误会。

我把我的故事对宝蓝绸衣的女子讲完了，她说，哦，我有了一些启发。外柔内刚的柔只是表象，只是技术，单纯地学习淑女风范，可以解决一时，却不能保证永远。这种皮毛的技巧，弄巧成拙也许会使积聚的情绪无法宣泄，引起某种场合的失控。外柔需要内刚做基础，而内刚不是从天上掉下来的，是靠自我的不断探索。

我说你讲得真好，咱们都要继续修炼，当我们内心平和而坚定的时候，再有了一定表达的技巧，就可以外柔内刚了。▍

从伊甸园带走的礼物：
让我们在该休息的时候，休息，
在该流泪的时候，哭泣

让我们在该休息的时候，休息。在该流泪的时候，哭泣。这不是上帝送给亚当和夏娃的礼物，而是你自己传给自己的生命秘笈。

亚当和夏娃从伊甸园离开的时候，带走了两样礼物。这是两样什么东西呢？我考过一些人。有人说，是树叶吧？夏娃既然已经穿在身上了，当然要带着走。有人说，是那个唆使他们吃了智慧树上的果子的坏蛋，为了报仇雪恨。要不然凡世间为什么会有各式各样的毒蛇？还有人说，一定是个苹果核。夏娃既然吃了果子，觉得香甜可口，肯定要把种子偷偷掖在身上……

正确的答案是：上帝震怒，要把亚当和夏娃赶出伊甸园。亚当俯视了一眼人寰，看到万千磨难险象环生，怕自己和夏娃凄苦煎熬，恳请上帝慈悲，送他们几种消灾免难的法宝。上帝想了一下，说，好吧，就送你们两样东西吧。一个是休息日，另一个是眼泪。于是，亚当和夏娃携带着上帝最后的礼物，从温暖美丽的伊甸园堕入水深火热的人间。

初次听到这个故事的时候，我还年轻。觉得上帝实在小气，休息是自己的，眼泪也是自己的，还用得着您老人家馈赠吗？完全可以自产自销。累了，就躺倒休息；伤心了，就放声哭泣，这有什么难的？如何能算礼物呢？太简陋寒酸了，不如送来更浓的芬芳和更脆甜的瓜果。

年岁渐长，又做了心理医生，从自己的苦恼和他人的困惑中，才悟出休息和眼泪真是无与伦比的宝贝。

休息是什么呢？是山高路远跋涉其间喝茶的闲暇，是无所事事坐看星辰秋风落叶的散淡，是百无聊赖的伸长懒腰和迷迷瞪瞪的困倦，是三五死党鸡零狗碎的游走和闲谝……这指的是懈怠的休息，还有一种更奋不顾身的休息。到高处攀登，到深海潜藏，从苍穹坠落，与猛兽同眠……求的是冷汗涔涔的刺激，收获的是惊世骇俗的风险，甚至搭上了性命也在所不辞。无论休息的外套怎样千变万化，有一个共性永存其中——那就是它真的什么也不创造，除了快乐。它什么都消耗，最主要的是时间和金钱。

再说说眼泪吧。人可以因为各种原因流眼泪，包括大喜过望和义愤填膺的时刻。眼泪几乎是除了大小便，我们能主动排泄的唯一体液了。不信你试试，如果不是火热的劳动和过度的紧张，你想命令自己出汗，并非易事。

眼泪是从最靠近我们大脑的双眼之穴涌流出来的，单单这一点，就让人充满了奇妙和敬畏。眼泪可以把我们恶劣的心境和强烈的情感，溶解在其中，将那些毒素排出，而将圣洁和宁静沉淀下来还给我们。泪水冲刷洗涤着昏暗的双眸，让它们恢复清洁和明亮。它是心灵火山爆发的岩浆，苦涩之水前赴后继的滴落，需要大量新鲜的血液涌流入大脑。脉管喷张血流澎湃，就像黄河水漫灌了苦旱的平川地，于是万物复苏草木葱茏，思考的藤蔓随之萌芽延展。

现代人放弃休息鄙夷眼泪，他们以为这是不值一提的废物，如同办公室里被粉碎了的过期纸渣。将休息从自己的日程表中放逐，其实是一种慢性自杀。号称从来也不流一滴眼泪的硬汉子，说得悲惨点，就是被阉割了情感的怪物。

让我们在该休息的时候，休息。在该流泪的时候，哭泣。这不是上帝送给亚当和夏娃的礼物，而是你自己传给自己的生命秘籍。

爱的回音壁：
爱需要反复练习，才能举步如飞

现今中年以下的夫妻，几乎都是一个孩子，关爱之心，大概达到了中国有史以来的最高值。家的感情像个苹果，姐妹兄弟多了，就会分成好几瓣。若是千亩一苗，孩子在父母的乾坤里，便独步天下了。

在前所未有的爱意中浸泡的孩子，是否物有所值，感到莫大的幸福？我好奇地问过。孩子们撇嘴说，不，没觉着谁爱我们。

我大惊，循循善诱道，你看，妈妈工作那么忙，还要给你洗衣做饭，爸爸在外面挣钱养家，多不容易！他们多么爱你们啊？

孩子很漠然地说，那算什么呀！谁让他们当爸爸妈妈呢？也不能白当啊，他们应该的。我以后做了爸爸妈妈也会这样。这难道就是爱吗？爱也太平常了！

我震住了。一个不懂得爱的孩子，就像不会呼吸的鱼，出了家庭的水箱，在干燥的社会上，他不爱人，也不自爱，必将焦渴而死。

可是，你怎样让由你一手哺育长大的孩子，懂得什么是爱呢？从他的眼睛接受第一缕光线起，已被无微不至的呵护包绕，早已对关照体贴熟视无睹。生物学上有一条规律，当某种物质过于浓烈时，感觉迅速迟钝麻痹。

如果把爱定位于关怀，随着孩子年龄的增长，对他的看顾渐次减少，孩子就会抱怨爱的衰减。"爱就是照料"这个简陋的命题，把许多成人和孩子一同带入误区。

寒霜陡降也能使人感悟幸福，比如父母离异或是早逝。但它灾变的副产品，带着天力人难违的僵冷。孩子虽然在追忆中，明白了什么是被爱，那却是一间正常人家不愿走进的课堂。

孩子降生人间，原应一手承接爱的乳汁，一手播洒爱的甘霖，爱是一本收支平衡的账簿。可惜从一开始，成人就间不容发地倾注了所有爱的储备，劈头盖脸砸下，把孩子的一只手塞得太满。全是收入，没有支出，爱沉淀着，淤积着，从神奇化为腐朽，反让孩子无法感到别人的爱。

我又问一群孩子，那你们什么时候感到别人是爱你的呢？没指望得到像样的回答。一个成人都争执不休的问题，孩子能懂多少？比如你问一位热恋中的女人，何时感受被男友所爱？回答一定光怪陆离。没想到孩子的答案晴朗坚定。

我帮妈妈买醋来着。她看我没打了瓶子，也没洒了醋，就说，闺女能帮妈干活了……我特高兴，从那会儿，我知道她是爱我的。翘翘辫女孩说。

我爸下班回来，我给他倒了一杯水，因为我刚在幼儿园里学了一首歌，词里说的是给妈妈倒水，可我妈还没回来呢，我就先给我爸倒了。我爸只说了一句，好儿子……就流泪了。从那次起，我知道他是爱我的。光头小男孩说。

我给我奶奶耳朵上夹了一朵花，要是别人，她才不让呢，马上就得揪下来。可我插的，她一直戴着，见着人就说，看，这是我孙女打扮我呢！我知道她是爱我的……另一个女孩说。

我大大地惊异了。讶然这些事的碎小和孩子铁的逻辑。更感动他们谈论里的郑重神气和结论的斩钉截铁。爱与被爱高度简化了，统一了。孩子在被他人需要时，感到了一个幼小生命的意义。成人重视并强调了这种价值，他们就感悟到深深的爱意。在尝试给予的同时，他们懂得了什么是接受。爱是一面辽阔光滑的回音壁，微小的爱意反复回响着，折射着，变成巨大的轰鸣。当付出的爱被隆重接受并珍藏时，孩子终于强烈地感觉到了被爱的尊贵与神圣。

被太多的爱压得麻木，腾不出左手的孩子，只得用右手，完成给予和领悟爱的双重任务。

天下的父母，如果你爱孩子，一定让他从力所能及的时候起，开始爱你和周围的人。这绝非成人的自私，而是为孩子一世着想的远见。不要抱怨孩子天生无爱，爱与被爱是铁杵成针百年树人的本领，就像走路一样，需反复练习，才会举步如飞。

如果把孩子在无边无际的爱里泡得口眼翻白，早早剥夺了他感知爱的能力，育出一个爱的低能儿，即使不算弥天大错，也是成人权利的滥施，或许会遭天谴的。

在爱中领略被爱，会有加倍的丰收。孩子渐渐长大，一个爱自己爱世界爱人类也爱自然的青年，便喷薄欲出了。

温暖的荆棘：
别人的体温不是自给的，
你要用自己的体温去回馈

这一天，咨询者迟到了。我坐在咨询室里，久久地等候着。通常，如果来访者迟到太久，我就会取消该次咨询。因为是否守时，是否遵守制度，是否懂得尊重别人，都是咨询师需要以行动向来访者传达的信息。试想一下，如果一个人在没有不可抗力的情况下，对准备帮助自己的人都不能践约，你怎能期待他有良好的改变呢？再说，重诺守信也是现代社会的基本礼仪。因为等得太久，我半开玩笑地问负责安排时间的工作人员，这是一位怎样的来访者，为什么迟到得这样凶？

工作人员对我说，请您不要生气，千万再等等他们吧。我说，他们是谁，好像打动了你？为什么你的语气充满了柔情，要替他们说好话？我记得你平常基本上是铁面无私的，如果谁迟到超过 15 分钟，你都会很不客气。工作人员笑着说，我平常是那么可怕吗？就算铁石心肠也会被那个小伙子感动。他们是一对来自外省的青年男女，失恋了，一定要请您为他们做咨询，央求的时候男孩嘴巴可甜了。

现在他们坐在火车上正往北京赶呢，倾盆大雨阻挡了列车的速度，小伙子不停地打电话道歉。

我说，像失恋这样的问题，基本上不是一两次咨询就可以见到成效的。他们身在外地，难以坚持正规的疗程，不知道你和他们说过吗？

工作人员急忙说，我都讲了，那个男生叫柄南，说他们做好了准备，可以坚持每星期一次从外地赶来北京。原来是这样，那就等吧。原本是下午的咨询，就这样移到了晚上。

他们到达的时候，浑身淋得像落汤鸡一般，女孩子穿着露肚脐的淡蓝短衫和裤腿上满是尖锐破口的牛仔裤，十分前卫和时髦的装束，此刻被雨水贴在身上，像一个衣衫褴褛的丐帮弟子。她叫阿淑。

柄南也被淋湿，但因他穿的是很正规的蓝色西裤和白色长袖衬衣，虽湿但风度犹存。柄南希望咨询马上开始，这样完成之后，还能趁着天不算太黑去找旅店。

工作人员请他们填表，柄南很快填完，问，可以开始了吗？

我说，还要稍微等一下，有个小问题：吃饭了吗？

吃了。两个人异口同声地回答。

我又问，吃的是哪一顿饭呢？

他们同答说，是午饭。

我说，现在已经过了吃晚饭的时间。空着肚子做咨询，你们又刚刚经了这么大的风雨，怕支撑不了。这里有茶水、咖啡和小点心，先垫垫肚子再说。

两个人推辞了一下，可能还是冷和饿占了上风，就不客气地吃起来。点心有两种，一种有奶油夹心，另一种是素的。阿淑显然是爱吃富含奶油的食品，把前一种吃个不停。柄南只吃了一块奶油夹心饼之后就专吃素饼了。看得出，他是为了把奶油饼留给阿淑吃。其实点心的数量足够两个人吃的，他还是呵护有加。等到两人吃饱喝足之后，我说，可以开始了。柄南对阿淑说，你快去吧。我说，不是你们一起咨询吗？

柄南说，是她有问题，她失恋了，我并没有问题，我没有失恋。

我说，你是她的什么人呢？

柄南没有正面回答我的问题，只是说，她是我的女朋友。

我说，难道失恋不是两个人的事吗？为什么她失恋了，你却没有失恋？

柄南说，您慢慢就会知道的。

我真叫这对年轻人闹糊涂了，好比有一对夫妻对你说他们离婚了，然后又说女的离婚了，男的并没有离婚……恨不能就地晕倒。

咨询室的门在我和阿淑的背后关闭了。在这之前，阿淑基本上是懒怠而木讷的，除了报出过自己的名字和吃了很多奶油饼外，她的嘴巴一直紧闭着。随着门扇的掩合，阿淑突然变得灵敏起来，她用山猫样的褐色眼珠迅速巡睃四周，奸像一只小兽刚刚从月夜中醒来。在我面前坐定，伸直修长的双腿之后，她说的第一句话是——您这间屋子的隔音性能怎么样？

我还是第一次碰到来访者问这样的问题，就很肯定地回答她，隔音效果很好。

阿淑还是不放心，追问道，就是说，这里说什么话，外面绝对听不到？

我说，基本上是这样的，除非谁把耳朵贴在门上。但这大体是行不通的，工作人员不会允许。

阿淑长出了一口气，说，这样我比较放心。

我说，你千里迢迢地赶了来，有什么为难之事呢？

阿淑说，我失恋了，很想走出困境。

我说，可是看起来你和柄南的关系还挺密切啊。

阿淑说，我并不是和他失恋了，是和别人。那个男生甩了我，对此我痛不欲生。柄南是我以前的男友，我们早已不来往好几年了。现在听说我失恋了，就又来帮我，陪着我游山玩水，看进口大片，吃美国冰激凌，您知道这在外省的小地方是很感动人的，包括到北京来见您，都是他的主意……阿淑说话的时候不时地看看门的方向，好像怕柄南突然把门推开。

我说，阿淑，谢谢你对我的信任，让我对你们的关系比较清楚一点了。那么，我还想更明确地听你说一说，你现在最感困惑的是什么呢？

阿淑说，天下没有免费的午餐，当然也没有免费的人陪着你走过失恋。现在的问题是，我要甩开柄南。

说到最后这一句话的时候，阿淑把声音压得很低，凑到我的耳朵前，仿佛我们是秘密接头的敌后武工队员。

我在心底忍不住笑了——在自己的咨询室里，我还从来没有过这样鬼鬼祟祟的样子呢。面容上当然是克制的，来访者正在焦虑之中，我怎能露出笑意？我说，看来你很怕柄南听到这些话？

阿淑说，那是当然了。他一直以为我会浪子回头和他重修旧好，其实，这是根本不可能的。谢谢他，我已经从旧日的伤痕中修复了，可以去争取新的爱情了，但这份爱情和柄南无关。我到您这来，就是想请您帮我告诉他，我并不爱他。我是失恋了，但这并不等于他盼来了机会。我会有新的男朋友，但绝不会是他。

我看她去意坚决，就说，你已经想得很清楚了？

阿淑说，是的，很清楚了，就像白天和黑夜的分割那样清楚。

我说，这个比方打得很好，让我明白了你的选择。但是，我还有一点很疑惑，你既然想得这样清楚，为什么不能说得同样清楚呢？你为什么不自己对柄南大声说分手？你们朝夕相处，肯定不止有一千次讲这话的机会。为什么一定要千里迢迢地跑到北京，求我来说呢？

阿淑把菱角一样好看的嘴巴撇成一个外八字，说，您怎么连这都不明白？我不是怕伤害他嘛！

我说，你很清楚你不承认是柄南的女朋友就伤害了他？

阿淑说，几年前，我第一次离开他时，他几乎吞药自杀，好不容易才缓过神来。这一次，真要出了人命关天的事，我就太不安了。

我说，阿淑，看来你内心深处还是一个善良的女孩。只是，当你深陷在失恋的痛苦中的时候，你明知自己无法成为柄南的女友，还是要领受他的关爱和照料，因为你需要一根救命的稻草。现在，你浮出了旋涡，就想赶快走出这种暧昧的关系。只是，你不愿意看到这种悲怆的结局，你希望能有一个人代替你宣布这个残忍的结论，所以你找到了我……

阿淑说，您真是善解人意，现在只有您能帮助我了。

我说，阿淑，真正能帮助你的人，只有你自己。虽然我非常感谢你的信任，但是，我不能代替你说这样的话，你只有自己说。当然了，这个"说"，就是泛指表达的意思。你可以选择具体的方式和时间，但没有人能够替代你。

阿淑沉默了半天，好像被这即将到来的情景震慑住了。她吞吞吐吐地说，就算我知道了这样做是对的，我还是不敢。

我说，阿淑，咱们换一个角度想这件事，如果柄南不愿意和你保持恋人的关系了，你会怎样？

阿淑说，这是不可能的。

我说，世上万事皆有可能，我们现在就来设想一下吧。

阿淑思忖了半天，说，如果柄南不愿意和我交朋友了，我希望他能当面亲口告诉我这件事。

我说，对啊，己所不欲，勿施于人。如果柄南找到一个第三者，托他来转达，你以为如何呢？

阿淑咬牙切齿地说，那我会把第三者推开，大叫着好汉做事好汉当，千方百计找到柄南，揪住他的衣领，要他当面锣对面鼓地给我一个说法、一个解释、一个理由、一个结论！

我说，谢谢你的坦诚，答案出来了。失恋这件事，对于曾经真心投入的男女来说，的确非常痛苦。但再痛苦的事件，我们都要有勇气来面对，因为这就是真实而丰富多彩的人生的本来面目。困境时刻，恋情可以不再，但真诚依旧有效。对于你刚才所说的四个"一"，我基本上是同意一半，保留一半。阿淑很好奇，说，哪一半同意呢？

我说，我同意你所说的对失恋要有一个结论、一个说法。因为"失恋"这个词，你想想就会明白，它其中包含了个"失"字，本质就是一种丧失，有物质更有精神的一去不复返，有生理更有心理的分道扬镳。对于生命中重要事件的沉没，你需要把它结尾，就像赛完了一项马拉松或是吃完了一顿宴席，你要掐停行进中的秒表，你要收拾残羹剩饭，刷锅洗碗。你不能无限制地孤独地跑下去，那样会把你累死。你也不能面对着曲终人散的空桌子发呆，那渐渐腐败的气味会像停尸间把人熏倒……

阿淑说，这一半我明白了，另一半呢？

我说，我持保留意见的那一半，是你说在失恋分手的时候要有一个解释、一个理由。

阿淑说，我刚才还说少了，一个解释、一个理由哪里够？最少要有十个解释、十个理由！轰轰烈烈的一场生死相依，到头来悄无声息地烟消云散了，还不许问为什么，真想不通！郁闷啊郁闷！

我说，我的意思不是瞒天过海什么都不说，不是让大家如坠云里雾中，死也是个糊涂鬼。人心是好奇的，人们都愿意寻根问底，踏破铁鞋地寻找真谛。这在自然科学方面是个优良习惯，值得发扬光大，但在情感问题上，盘根问底要适可而止。失恋分手已成定局，理由和解释就不再重要。无论是性格不合还是家长阻挠，无论是两地分居还是第三者插足，其实在真正的爱情面前，都不堪一击。没有任何理由能粉碎真正的伴侣，只有心灵的离散才是所有症结的所在。理由在这里不再重要，重要的是你要接受现实。

阿淑点点头说，我明白您的意思了。我应该有勇气面对自己的失恋，我不能靠着柄南的体温来暖和自己。况且，这体温也不是白给的，他需要我用体温去回报，温暖就变成了荆棘。

我说，谢谢你这样深入地剖析了自己，勇气可嘉，特别是"体温"这个词，让我也百感交集。本来你们重新聚在一起，是为了帮你渡过难关，现在，一个新的难关又摆在你们面前了。

阿淑身上的湿衣已经被她年轻的肌体烤干了，显出亮丽的色彩。她说，是啊，我很感谢柄南伸出手来，虽然这个援助并不是无偿的。现在，我要勇敢地面对这件事了，逃避只会让局面更复杂。

我说，好啊，祝贺你迈出了第一步。天色已经不早了，你们奔波了一天，也须安歇。今天就到这里吧，下个星期咱们再见。

阿淑说，临走之前，我要向您交一个功课。

这回轮到我摸不着头脑，我说，并不曾留下什么功课啊？

阿淑拿起那张登记表，说，这都是柄南代我填的，好像我是一个连小学二年级都没毕业的睁眼瞎，或是已经丧失了文字上的自理能力的废人。他大包大揽，我看着好笑，也替他累得慌，可是，我不想自己动手。我要做出小鸟依人的样子，让柄南觉得自己是强大的，让他感觉我们的事情还有希望。现在，我知道在这个问题上，我利用了柄南，自己又不敢面对，就装聋作哑得过且过。现在，我自己来填写这张表，我不需要您代替我对他说什么了，也不需要他代替我填写什么了。

我真是由衷地为阿淑高兴，她的脚步比我最乐观的估量还要超前。

看着他们的身影隐没在窗外的黑暗中，我不知道他们还会并肩走多远，也不知道他们的道路还有多长，但我想他们会有一个担当和面对。▮▮

回家去问妈妈：
真诚就在你的身后

那一年游敦煌回来，兴奋地同妈妈谈起戈壁的黄沙和祁连的雪峰，说到在丝绸之路上僻远的安西，哈密瓜汁甜得把嘴唇粘在一起……

安西！多么遥远的地方！我在那里体验到莫名其妙的感动。除了我，咱们家谁也没有到过那里！我得意地大叫。

一直安静听我说话的妈妈，淡淡地插了一句：在你不到半岁的时候，我就怀抱着你，走过安西。

我大吃一惊，从未听妈妈谈过这段往事。

妈妈说你生在新疆，长在北京，难道你是飞来的不成？以前我一说起带你赶路的事情，你就嫌烦。说知道啦，别再啰唆。我说，我以为你是坐火车来的，一件司空见惯的事情。

妈妈依旧淡淡地说，那时候哪有火车？从星星峡经柳园到兰州，我每天抱着你，天不亮就爬上装货卡车的大厢板，在戈壁滩上颠呀颠，半夜才到有人烟的地方。你脏得像个泥巴娃娃，几盆水也洗不出本色……

我静静地倾听妈妈的描述，才知道我在幼年时曾带给母亲那样的艰难，才知道发生在安西的感动源远流长。

我突然意识到，在我和最亲近的母亲之间，潜伏着无数盲点。

我们总觉得已经成人，母亲只是一间古老的旧房。她给我们的童年以遮避，但不会再提供新的风景。我们急切地投身外面的世界，寻找自我的价值。全神贯注地倾听上司的评论，字斟句酌地印证众人的口碑，反复咀嚼朋友随口吐露的一滴印象，甚至会为恋人一颦一笑的含义彻夜思索……我们极其在意世人对我们的看法，因为世界上最困难的事莫过于认识自己。我们恰恰忘了，当我们环视整个世界的时候，有一双微微眯起的眼睛，始终在背后凝视着我们。

那是妈妈的眼睛啊！

我们幼年的顽皮，我们成长的艰辛，我们与生俱来的弱点，我们异于常人的禀赋……我们从小到大最详尽的档案，我们失败与成功每一次的记录，都贮存在母亲宁静的眼中。

她是世界上第一个认识我们的人。我们何时长第一颗牙？我们何时说第一句话？我们何时跌倒了不再哭泣？我们何时骄傲地昂起了头颅？往事像长久不曾加洗的旧底片，虽然暗淡却清晰地存放在母亲的脑海中，期待着我们将它放大。

所有的妈妈都那么乐意向我们提起我们小时的事情，她们的眼睛在那一瞬露水般地年轻。我们是她们制造的精品，她们像手艺精湛的老艺人，不厌其烦地描绘打磨我们的每一个过程。

于是我们不客气地对妈妈说：老提那些过去的事，烦不烦呀？别说了，好不好？！

从此，母亲就真的噤了声，不再提起往事。有时候，她会像抛上岸的鱼，突然张开嘴，急速地翕动着气流……她想起了什么，但她终于什么也没有说，干燥地合上了嘴唇。我们熟悉了她的这种姿势，以为是一种默契。

为什么怕听母亲讲过去的事情，是不愿承认我们曾经弱小？是不愿承载亲人过多的恩泽？我们在人海茫茫世事纷繁中无暇多想，总以为母亲会永远陪伴在身边，总以为将来会有某一天让她将一切讲完。

在一个猝不及防的刹那，冰冷的铁门在我们身后戛然落下。温暖的目光折断了翅膀，掩埋在黑暗的那一边。

我们在悲痛中愕然回首，才发现自己远远没有长大。

我们像一本没有结尾的书，每一个符号都是母亲用血书写。我们还未曾读懂，著者已撒手离去。从此我们面对书中的无数悬念和秘密，无以破译。

我们像一部手工制造的仪器，处处缠绕着历史的线路。母亲走了，那唯一的图纸丢了。从此我们不得不在暗夜中孤独地拆卸自己，焦灼地摸索着组合我们性格的规律。

当那个我们快乐时，她比我们更欢喜，我们忧郁时，她比我们更苦闷的人，头也不回地远去的时候，我们大梦初醒。

损失了的文物永不能复原，破坏了的古迹再不会重生。我们曾经满世界地寻找真诚，当我们明白最晶莹的真诚就在我们身后时，猛回头，它已永远熄灭。

我们流落世间，成为飘零的红叶。

趁老树虬蚪的枝丫还郁郁葱葱时，让我们赶快跑回家，去问妈妈。

问她对你充满艰辛的诞育，问她独自经受的苦难。问清你幼小时的模样，问清她对你所有的期冀……你安安静静地偎依在她的身旁，听她像一个有经验的老农，介绍风霜雨雪中每一穗玉米的收成。

一定要赶快啊！生命给我们的允诺并不慷慨，两代人命运的云梯衔接处，时间只是窄窄的台阶。从我们明白人生的韵律，距父母还能明晰地谈论以往，并肩而行的日子屈指可数。

给母亲一个机会，让她重温创造的喜悦；给自己一个机会，让我深刻洞察尘封的记忆；给众人一个机会，让他全面搜集关于一个人一个时代的故事。

在春风和煦或是大雪纷飞的日子，赶快跑回家，去问妈妈。让我们一齐走向从前，寻找属于我们的童话。█

倾听灰姑娘：
分享，可以让快乐加倍，
可以让痛苦减半

位女友在国外做心理医生。回国来，与我闲谈。说起她对许多心理疾患久治不愈的美国人，竭力推荐中国的一种疗法。

我说，是某种中药吧？中医对许多莫名其妙的病症，颇有奇异的效果。

她抿嘴一笑说，不是。这疗法，不用口服不必注射，像我们这个年纪的中国人，操作起来都是极娴熟的。

没想到不知不觉中还有绝技在身，忙问到底是怎样的疗法。

就是谈心啊。当年我们俩不是结成对子，常常在操场边的葡萄架下，谈天到深夜吗？各自的家庭，心里的一闪念，还有苦恼和希望，都漫无边际地聊个够……直到现在，我的鼻子在大洋彼岸，在睡梦中，还时时会闻到篮球架旁的沙枣花香，那是一种无法形容的蛊惑人心的香气……

我说，谈心这件事，现在的名声可不大好。过去许多人把谈心得来的材料，当成子弹，打了小汇报，酿出了无数冤案。人们如今都牢记老祖宗的教导，逢人只说三分话，未敢全抛一片心，哪里还有痛彻肺腑的聊天？

倘若是男人吗，还有一个放松的机会，那就是三五知己喝醉了酒，吐出几分真言；女人就只好憋在肚里，让那些心里话横冲直撞，直到把自己的神经撞出洞来。再说这也是社会的一种进步，我们好不容易得到了隐私权，岂能拱手相让？

女友笑起来说，隐私权是一种权利，你愿意用就用，不愿用就不用，自由在你手里啊。好比离婚这种权利，对于和和美美的夫妻来说，就可以闲置在那里。再者人家逼迫你说出隐私，和你自愿地倾诉心曲，实在是两回事。

其实越是隐私，对人心理的压力就越大，就越要有正常的宣泄渠道。随着社会物质文明的进步，人们对自己的生理健康越来越关注。哪怕微风吹落了草帽，也要赶快吞几片感冒药预防。但人们对自己的心理关怀太不够了，它就像一个褴褛的灰姑娘，躲在角落里。可这个灰姑娘是会发脾气的，一旦疯狂起来，将给我们带来巨大的痛苦。

她忽然转换了话题说，假如你和你的先生吵了架，你怎么办？

我说，那我就不理他。

她问，你和别人谈起吗？

一般不说，家丑不可外扬啊。我叹一口气。

她说，你跟我说了心里话，我也跟你说。在美国，假如我突然和我的先生吵了架，我会马上去找我的心理医生。

我说，你自己不就是医生吗，还要找别人干什么？

她笑笑说，心理医生也和别的医生一样，自己是不能给自己看病的。夫妻吵架表面上看来都是因为极小的事情，但下面常常潜伏着由来已久的情感危机。

假如我们不想分手，就一定要把这股暗流找出来，清醒地对待它、排解它。但心理医生在美国收费十分昂贵。

我说，主意虽好，只是咱们连小康尚未达到，第三世界消费不起。有没有自力更生白手起家的法子？

女友说，有啊，这就是谈心。其实心理医生也是和病人谈心聊天，只不过更专业更精彩一些。女性应该多有几个朋友，至少也要有一个你可以面对她哭泣的女人。

我指的不是那种萍水相逢或是生意场上权力上因为利害关系结成的伙伴，而是交往多年知根知底善解人意的朋友。

你说起了一片叶子，她就知道风从哪里来。哪怕你婚后爱上了另一个男人，你也用不着分辨自己不是一个坏女人，要商讨的只是应该怎样办……她真诚而善良，绝不会把你的故事流传。精心的信任和感情，就是不花钱的心理医生。友谊是一种像水一般互相流动的物质。这一次你给予了我，下一次我给予你。

我说，明白你的意思了，让我们倾听对方心中的灰姑娘。

分手的时候，她对我说，肝胆相照温暖亲切的谈心遵循着一条美好的定律。那就是——和朋友分享：

快乐是传染的，起码可以加倍；

痛苦是隔绝的，至少可以减半。▌

友情如鞭：
友谊只结一种果实叫信任

次，一个陌生口音的人打电话来，请求我的帮助，很肯定地说我们是朋友（我们就称他 D 吧），相信我一定会伸出援手。我说我不认识他啊。D 笑笑说，他是 C 的朋友。我不由自主地对着话筒皱了皱眉，又赶紧舒展开眉心，因为这个 C 我也不熟悉。幸好我们的电话还没发展到可视阶段，我的表情传不过去，避免了双方的尴尬。

可能是听出我话语中的生疏，D 提示说，C 是 B 的好朋友啊。事情现在明晰一些了。这个 B，我是认识的，D 随后又吐出了 A 的姓名，这下我兴奋起来了，因为 A 确实是我最要好的朋友之一。D 的事很难办，须用我的信誉为他作保。我不是一个太草率的人，就很留有余地地对他说，这件事让我想一想，等一段时间再答。想一想的实质，就是我开始动用自己有限的力量，调查 D 这个人的来历。我给 A 打了电话，她说 B 确实是她的好友，可以信任的。随之 B 又给 C 作了保，说他们的关条非同一般，尽可以放心云云。然后又是 C 为 D 投信任票……

总之，我看到了一条有迹可循的友谊链。我由此上溯，亲自调查的结果是：ABCD 每一个环节都是真实可信的。我的父母都是山东人，虽说我从未在那块水土上生活过，但山东人急公好义的血浆，日夜在我的脉管里奔腾。我既然可以常常信任偶尔相识的路人，又有什么理由不相信自己朋友的朋友呢？依照这个逻辑，我为 D 作了保。结果却很惨。他辜负了我的信任，是个见利忘义的小人。愤怒之下，我重新调查了那条友谊链，我想一定是什么地方查得不准，一定是有人成心欺骗了我。我要找出这个罪魁，吸取经验教训。调查的结果同第一次一模一样，所有的环节都没有差错，大家都是朋友，每一个人都依旧信誓旦旦地为对方作保，但我最终陷入了一个骗局。

问题出在哪里呢？我久久地沉思。如果我们摔倒了，却不知道是哪一块石头绊倒了我们，这难道不是比摔倒更为懊丧的事情吗？那条友谊链在我的脑海里闪闪发光，它终于使我怀疑起它的含金量来了。这世上究竟有多少东西可以毫不走样地一代一代地传递下去？嫡亲的骨肉，长相已不完全像他的父母。孪生的姐妹，品行可以有天壤之别。遗传的子孙，血缘能够稀释到U1/16，1/32，同床的伴侣，脑海中缥缈的梦境往往是南辕北辙。高大的乔木，可以因为环境的变迁，异化为矮小的草丛。橘树在淮南为橘而甜，移至淮北变枳而酸。甚至极具杀伤性的放射元素，也有一个不可抗拒的衰变过程，在亿万年的黑暗中，蜕变为无害的石头⋯⋯

人世间有多少不以人的意志为转移的规律，其中也包括了我们最珍爱的友谊。友情不是血吸虫病，不能凭借口口相传的钉螺感染他人。兵无常势，水无常形。变是常法，要求友谊在传递的过程中，系复印一般的不走样，原是我们一厢情愿的幼稚。道理虽是想通了，但情感上总是挽着大而坚硬的疙瘩。我看到友情的传送带，在寒风中变色，信任的含量，第一环是金，第二环是锡，第三环是木头，到了C到D的第四环，已是蜡做的圈套，在火焰下化作烛泪。

现代人的友谊如链如鞭，它羁绊着我们，抽打着我们。世上处处是朋友，我们一天在各式各样的旋涡中浮沉。几乎每一个现代人，都曾被友谊之链套牢，都曾被友谊之鞭击打出血痕。于是我常常在日益嘈杂的人群中厌恶友情，羡慕没有友谊只有利益的世界。虽然冷酷，然而简洁。到了月朗星稀的夜半，当孤寂的灵魂无处安歇时，我又如承露的钢人一般，渴盼着友人自九天之上洒下琼浆。现代人的友谊，很坚固又很脆弱，它是人间的宝藏，需我们珍爱。友谊的不可传递性，决定了它是一部孤本的书。我们可以和不同的人有不同的友谊，但我们不会和同一个人有不同的友谊。友谊是一条越掘越深的巷道，没有回头路可以走的。刻骨铭心的友谊也如仇恨一样，没齿不忘。

友谊是一种易变的东西，假如它不是变得更好，就是不可抑制地变坏，甚至极快地消亡。有时，在很长的岁月里，友谊似乎是一成不变的，保持很稳定的状态。这是友谊正在承受时间的考验。这个世界日新月异，在什么都是越现代越好的年代里，唯有友谊，人们保持着古老的准则。朋友就像文物，越老越珍贵。

友谊是一种生长缓慢的植物，砍伐它只需要一斧一瞬，培育它则需一世一生。仿佛也有像泡桐一样速生的友谊，但它也像泡桐一样，算不得上好的木材。当然，也有在刹那间酿出友谊的醇酒的，但那多需要极严酷的环境，或是泰山压顶，或是血刃封喉，于平常人是不大相干的。

友谊说起来是极宽广极忠厚的襟怀，其实又是很自私的。它的不可转让性就是明证。它只是一个个体对另一个个体单枪匹马的承诺，时间都有严格的限制，馈赠不得的。在老家是朋友，到了深圳就不一定是朋友。穷的时候是朋友，富了以后很可能就谁也不认识谁了。小的时候是朋友，老的时候或许形同陌路。不信掏出我们每个人的电话簿，你就会发现，前些年经常联系的友人，现在已不知他们飘零何方。有些人已经反目，我们甚至不愿意再看到他们的名字。人为什么不断地换电话簿，我以为这是其中一个很重要的原因。

友谊还需滋养。有的人用钱，有的人用汗，还有的人用血。友谊很贪婪的，绝不会满足于餐风宿露。友谊最简朴，同时也是最奢侈的营养，是需要用时间灌溉的。友谊必须述说，友谊必须倾听。

友谊必须交谈的时刻双目凝视，友谊必须倾听的时分全神贯注。友谊有的时候是那样脆弱，一句不经意的言辞，就会使大厦顷刻倒塌。

友谊有的时候是那样容易变质。一个未经证实的传言，就会让整盆牛奶变酸。友谊之链不可承，不可转让，不可贴上封条保存起来而不腐烂，不可冷冻在冰箱永远新鲜。正确地讲，友谊是没有链的，有的只是一个个孤立的小环。它为我们度身而做，就像神话中的水晶鞋，换一只脚就套不进去。它是种纯粹个人栽植的情感树，树上只结一个果子，叫作信任。

红苹果只留给灌溉果树的人品尝。别的人摘下来尝一口，很可能酸倒了牙。

蓝宝石刀：
善待自己的人，才有资格变得更美

次朋友聚会，来了几位新面孔。席间，有男士谈起自己新交的女友，说是一位美女。于是不但在座的男子几乎全体露出艳羡之色，就是各个年龄段的女人，也普遍显出充分的向往与好奇。

大家纷说，原以为美女都已随着古典情怀的消逝，被现代文明毒死，不想这厢还似尼斯湖怪般藏着一个。众人正感叹着美女的重新出山，突然从客厅的角落里发出了一个声音：美女是有公众标准的。不是你说她是，她就是的。恋爱的人，眼里出西施。

大家诧然复茫然，想想也有理。先别忙着赞叹，到底是不是个真美女，还有待考察商榷呢！

说这煞风景话的男子，看去细而柔的身材，平淡的五官。但并不虚弱，四肢甚至可以说是有力的。

于是有人对那位与美女交往的男子说，带着照片吗？拿出来让大伙看看嘛！既让我们养养眼，也让蓝刀鉴定一下，到底算不算真美女！

我悄声问身旁的朋友，蓝刀是谁？

他指指细而不弱的小伙子说，他就是。

我说，蓝刀——好古怪的名字！江湖上的？武林高手？

朋友说，他是整形外科医学博士。因为他常用蓝宝石手术刀，所以圈内人称他蓝刀。

美女之友架不住众人的鼓动，从西服内袋掏出一张照片。姿势娴熟，想来是常常观摩的。

彩照，长跑火炬似的在众人手间传递。几位上了年纪的，还掏出了老花镜。好不容易轮到我。姑娘确实美丽，身材相貌都属上乘，起码不逊于时下影视界的靓丽偶像。

照片最后传到蓝刀手里。不知道是巧合还是大伙等着他一锤定音，喧哗的客厅，悄无声息了。

蓝刀只看了一眼。真的，只一眼，我觉得即使从敬业的角度来说，他也该多看几眼的。后来蓝刀解释，一是将别人女友盯住不放，有失礼仪。再是对于老农来说，庄稼长势如何，一瞄足够。

蓝刀说，总体上，还不错。这是一位 17 世纪的美人形象。

大家驳道，美人又不是瓷器，还有时代限制？

蓝刀正言，时间感很重要。比如盛唐以肥为美，杨贵妃就是个

双下巴。连那时的菩萨塑像，也个个超重。而 17 世纪的标准美人
是：眼要重睑，也就是平常说的双眼皮。鼻子从侧面看是微微上
翘的，万万不能是鹰钩。嘴唇不可太大，更不可太小。上嘴唇较下
嘴唇稍薄，反过来就是败笔。左面的颊上有一个酒窝，要是不幸长
在右面就要减分。颈部可以有褶皱，但形状一定要好，如同一圈天
然的项链⋯⋯

　　大家听到这里就大笑说，真够苛刻，难为女人了。有人起哄道，
蓝刀，不要光说好的，来点儿具有专业水准的。那潜台词是期待蓝
刀指出这女子的容貌缺陷。

　　蓝刀以目光征询美女男友意见。小伙子好像也很想长点儿知识，
做出愿意洗耳恭听的模样。

　　蓝刀说，既然说到专业，我就再发表点儿意见，学术研究，没
有别的意思。若是冒犯了，请多原谅。从照片上来看，这位女性的
相貌还有可圈可点之处。一是从发际到下颏之间的距离，应为本人
的三个耳朵的长度。以这个比例要求，似稍嫌长了一点儿。鼻尖、
嘴唇中点和下颏点，应为一直线，此为美人非常重要的一个指标。
但这位女士鼻尖稍向右偏了一点，于是面部就有了少许不平衡之感。
女性好细腰，但并不是越细越好，从美学角度来看，腰围以头围的
1.618 倍最好⋯⋯

　　大家哄笑起来，说，蓝刀，闭嘴吧。照你这样算下去，人间真
的没有美女了。蓝刀也就不再就该女士发表意见。但由此引出的话
题新鲜有趣，整个晚上，蓝刀成了主角。一位桥梁工程师说，对不

起，不是针对你个人。我倒是很有点儿看不起整容医生的。

蓝刀很沉着地问，为什么呢？

工程师说，虽然你们是医生，却没有急诊。我不是医生，可我知道，几乎所有的科，都有急诊。比如外科，就不必说了。妇产科、小儿科……就连牙科吧，也有。比如你的腮帮子被人打漏了，你就得上口腔医院马上缝。可有谁急诊整形呢？它是富贵事，可有可无的。

蓝刀说，你说得对，整形外科没有急诊。但是，一个烧伤的病人，你不为他整容，他就无法回到正常的人群当中。你倒是用急诊把他的生命挽救回来，但他自惭形秽，自暴自弃，再也无法挺胸做人。还有，若是他不整容走到街上，月黑风高，谁要是在胡同拐角处突然看到一个满脸焦疤的人，以为遇到了妖怪，惊恐万状，虚脱休克，人道吗？

听蓝刀这么一讲，大家就觉得整容也是社会发展到高级阶段的产物，医学百花中的一朵。有人问：什么人适宜做整容？蓝刀清清嗓子说，我先不回答这个问题。我想说的是——什么人不适宜做整容。

蓝刀说，有八种人我是不给他做整形手术的。

第一种人，天天身上带着一面小镜子，无论何时何地都随手把小镜子拿出来，顾影自怜或自惭形秽的人，不做。

大伙忙问，为什么？

蓝刀说，他认为人世间最重要的事就是他的容貌，自信心和尊严都系此一事。这样的人，无论手术做得怎样成功，他都会认为未能达到目的。所以，我不能自找烦恼。

第二，进我诊所，拿着一本或几本时尚导刊，指着封面或是封底的某明星或歌星的大幅照片说，我的要求不高，就是做成她的那个鼻子加上她的那个嘴巴……

大家笑道，这是不能做。无论如何你无法使她满意。

蓝刀叹气道，我心中常常又好笑又生气，便对来者说，你以为我是谁，上帝吗？可惜，我不是。纵使我能把你修理出那规格的鼻子和嘴巴，你可有那样的才气和奋斗？

第三种不做的人是：头不梳脸不洗衣冠不整浑身散发不洁气息……

不等蓝刀说完，大家打断道，这条好似不合情理吧？正是因为某些人的仪表不良，他们才要求整理容貌，你怎么反而拒之门外呢？

蓝刀说，一个人的容貌可以被毁或是天生缺憾。但爱整洁是教养和习惯问题，不仅是对他人的敬重，更是对自己的珍惜。如果一个人没有这份热爱生命的感觉和精心维持，那么，我就是辛辛苦苦地帮他建设了再好的硬件，软件跟不上，还是没良效的。我尊重自己的劳动，我愿把宝贵的精力放到更善待自己的人身上。

大家默然片刻后表示可以接受。接着问，其他呢？

蓝刀说，第四种，来这儿的人说，我本人并不想来此做什么整容手术，都是我的家人——丈夫或是男友，要我来做的……这样的人，我也概不接待。

大家说，啊，那么绝对啊？

蓝刀说，是。容貌是自己的内政，无论它怎样丑陋，只要自己接受，别人就无权干涉。如果一个人因为惧怕或是讨好，听命于另外一个人，被迫接受了在自己身上动刀动剪动针动线，那是很不情愿和凄凉的事情。我不愿成为帮凶。

大伙频频点头，表示言之成理。

蓝刀说，第五种，多次在就诊时迟到或无故改变约定的人，不做。

大家说，这倒有些奇怪，你又不是兵营。遵纪守时的问题，和医疗何干呢？

蓝刀说，整形手术需反复多次，其中的艰苦和磨难，超乎想象。手术程序一旦开始，又不可中断。你可能把在腿上的皮瓣做好准备移到脸上，但本人突然不干了……所以，纪律性和承诺感不好的人，我不为他做手术。医生精力有限，我不愿在医疗以外的事情上花费太多的时间。

第六种，对同一问题，反复询问，我这次答复了，下次又问的人，我不做。

大家笑道，蓝刀，脾气够大啊。是不是求你做手术的人太多了，店大欺客啊？

蓝刀说，一个人对自己高度关注的事，况且我反复讲过多遍，还记不住，这是记忆问题吗？不是。是信任问题。他不信任我，所以不厌其烦地追问，好像审讯。我虽可理解这种心情，但我不能给一个不信任我的人动手术。无论是对我还是对他，都不愉快。

大家愣了一下，没人再作声，表示尊重一名资深医生对病人的挑剔。

第七种，态度特好或是态度特不好的病患，对医生满口奉承和送礼的病患，表现得特别合作或是特别不合作的病患，概不做。蓝刀一字一顿很慢地说。

大家道，这一条，能顶好几条。情况却大不一样。态度不好不做，明白；态度特好的也不做，费解。

蓝刀说，他为什么特别殷勤？后而肯定有这样一个假设——如果他不送礼，我就不会尽心尽意地为他手术。他能奉承我，也就能诋毁我，不过是正反面吧。手术是一件充满概率的事情，即使我惨淡经营殚精竭虑，也不可能百战百胜。为了那个无所不在的概率，我要保留弹性。我需要有医生的安全感和世人对"万一"的理解。得给自己留一条后路。

客厅空气一下子变得有点儿沉重。

该第八种了。也就是最后一种了。沉默半晌，大家提醒蓝刀。

蓝刀说，这一种，简单。凡是手术前不接受照相的人，不做。

有人打趣道，整形大夫是不是和某影楼联营了，可以提成？要不，为什么有这样古怪的要求？

蓝刀道，一个人破了相，不愿摄下自己不美的容颜，可以理解。但是，为了对比手术的效果，为了医学档案的需要，留有确切的原始记录，总结经验教训，都要保留病患术前的相貌。当然，会做好保密的。但是，有些人说什么也不接受这一合情合理的要求。没办法，既然他连面对真实情形的勇气都没有，怎能想他和医生鼎力配合呢？所以，只有拒之门外了。

蓝刀说到这里，很有一些痛惜之意。

分手的时候，蓝刀热情地说，欢迎大家到我的诊所做客。大伙回答，蓝刀，我们会去的。不是去整形，是去听你说这些有趣的话。

和自己的血液分离：
你要上天堂，请自己登攀

其实，天堂和地狱的距离，并不像人们想象的那样大，它一点也不遥远，都在女人的心中。一个人就可以让你上天堂，一个人也可以让你下地狱。

看了这句话，很多人就会想到是别人让自己上了天堂或是下地狱，其实，我指的这个人就是你自己。

很多女人常常觉得是某一个男人让自己幸福或是不幸。表面上看起来，有的时候的确是这样的。同学聚会，你能看到某个女子简直是泡在蜜罐里的杏干，浑身都散发出蜂蜜的香气。可下一次，斗转星移，该女子就成了猪苦胆腌出来的黄连，凄苦得如同败絮。究其原因，都是因为一个男人的爱与不爱。当你依靠别人的力量登上天堂的时候，就要想到会有风驰电掣跌下的一天。所以，我看到依偎着的伴侣，就会生出担心。

你要上天堂，请自己登攀。

常常想，一个人的生存状态，就这样岌岌可危地取决于另外一个人吗？那个人是天堂和地狱间的吸管，能让你像液体一样在这狭小的管腔中来回流动吗？是谁给了这根吸管如此大的法力？是谁把你变成了哭哭啼啼的液体……

感情纠葛中，痴情男女所问的"为什么"特别多，多到让人厌烦。发问者必将寻求答案。这是一句古老的喀麦隆谚语。类似的话，在民间智慧中，屡屡出现。

有一个姑娘面对恋人的分手，痛苦万分。在 QQ 上，恋人对她说，你是我血管中的血液，可我还是要和你分手。

女孩子对我说，他都说我是他的血液了，可见我是多么重要！我就想不通，一个人怎么能和自己的血液分离呢？那他不就立刻死了吗！这说明他还是爱着我的呀！

我说，不要相信那些理由。不要追问太多的为什么。有的时候，所有的理由都是借口。你需要接受的只是答案。

他说得很对，你是他的血液。可你知道，人流出几百毫升血液是不会死的。就是流出了更多的血液，只要能很快地输血，人也是不会死的。真正死亡的是那流出身体的鲜血，它们会干涸，会丧失鲜红的颜色和蓬勃的生命力，成为紫褐色的血痂。

　　那个女孩愣了半天，最后说，哦哦，我不再问为什么了。我从现在开始储备勇气，去迎接那个结果。

Part 4

我们都曾在爱情
和婚姻中多次灭绝

男女之间常常被自己所不具备的品质所吸引。

这就是为什么许多天真烂漫的女孩子会爱上魔鬼，

许多忠诚的男子会喜欢水性杨花的女人。

关于爱情与友情的絮语：
在爱情中你可能多次灭绝

拒绝的本质是一种丧失，它与赞同相比，更带有冷峻的付出与掷地有声的清脆，需要果决和一往无前的勇气。

你拒绝了金钱，就将毕生扼守清贫。

你拒绝了享乐，就将布衣素食天涯苦旅。

你拒绝了父母，就可能成为飘零的小舟，孤悬海外。

你拒绝了师长，就可能被逐出师门自生自灭。

你拒绝了一个强有力的男人的相助，他可能反目为仇，在你的征程上布下道道藩篱。

你拒绝了一个神通广大的女人的青睐，她可能笑里藏刀，在你意想不到的瞬间刺得你遍体鳞伤。

你拒绝了上司，也许就拒绝了一个如花的前程。

你拒绝了机遇，它永不再来，留下终身的遗憾。

……

拒绝不像选择那样令人心情舒畅，它森严的外衣里裹着我们始料不及的风刀霜剑，而且像一种后劲很大的烈酒，在漫长的季节后还会使我们头晕目眩。

于是我们本能地惧怕拒绝。我们在无数应该说"不"的场合沉默，我们在理应拒绝的时刻延宕不决。我们推迟拒绝的那一刻，梦想拒绝的体积会随着时光的流逝逐渐缩小以至消失。

可惜这只是我们善良的愿望，真实的情境往往适得其反。

我们之所以拒绝，是因为我们不得不拒绝。

不拒绝那本该拒绝的事物，就像菜花状的癌肿，蓬蓬勃勃地生长着，发育着，侵袭我们的生命，一天比一天变得更难以救治。

拒绝是苦，然而那是一时之苦，阵痛之后便是安宁。不拒绝是忍，忍是有限度的，到了忍无可忍的那一刻，贻误的是时间，收获的是更大的麻烦与悲哀。

拒绝是对一个人胆魄和心智的考验。

当今时代，电脑一分钟可以复制无数的信息，且核对起来甚是简便。利用信息和情报造假越来越不易，于是假也在更新换代，涉及到种种精神的产品。

最不易察觉的假冒伪劣是信任和爱情。它们均需要漫长岁月的培育和考验，毁灭却只是刹那间的事情。

也许当初彼此交往的时候，并不缺乏真诚。但友谊和爱情的产品，是需要终身保修的。不管何时损坏，都会被判为赝品，且无处更换。

有人炫耀自己的朋友如何多，我一般是不信的。好的朋友，也像好的货物，是有体积的。好的心灵，也像非露天仓库，无法无限扩大容积。

一个认真重情的人，心灵的空间更是有限，只能容纳几位知己。

拥有太多的友人，友谊的汁液不是溢出来，就是稀释。

友谊也像零存整取的银行，若你平时不补充情感进去，一旦需要朋友的支援渡过难关时，才发现存单上一片空白。

爱情是比死亡还要复杂的事情。因为在死亡中你只能灭绝一次，而在爱情中你可能多次灭绝。

男女之间常常被自己所不具备的品质所吸引。

这就是为什么许多天真烂漫的女孩子会爱上魔鬼，许多忠诚的男子会喜欢水性杨花的女人。

一般来说，你真的爱一个人，就应该给他回报你恩情的时间和机会。

这不是我们索要报答，而是为了让他的心灵安宁。如果你只是一味地给予，就把对方一直置于被施舍的地步，这实际上是一种不敬。

人生得一知己足矣的话，当是不发达社会的写照。

如今的社会是——

人生得几知己还不足。

或是——

人生无一知己也足矣。

知己者无非是心的沟通，事的相助。于是人们有红粉知己，忘年知己，事业知己……知己已泛化，不像以往那样罕见了。

另一方面，知己又更加难觅。信息社会，大家都加快了变化的节奏。彼此要变得同步，变得共振，变得像没变一样，实在是大不容易。

我不赞成为朋友两肋插刀。如果一定要插，至多插一肋。因为肋骨的后面是心脏，若都插上刀，心就会被洞穿，便丧失了思考的能力。

没有思考的友谊很可能陷入盲目。

友谊是一种易变的东西，假如它不是变得更好，就是不可抑制地变坏了，甚至极快地消亡。有时，在很长一段岁月里，友谊似乎是一成不变的，保持很稳定的状态。这是友谊正在承受时间的考验。▮

修补爱情：
只有珍贵的东西，才需要修补

东西用得久了，便会磨损。小到一双鞋子，大到整个天空。于是诞生了修补这个行当。从业人员从街头古朴的老鞋匠，到谁都未曾谋面的一位叫作女娲的神仙。

只有珍贵的东西，才需要修补。我们不会修补一次性的筷子和菲薄的面巾纸，但若损坏的是一双象牙筷子和一幅名贵字画，又是家传的珍宝和友人的馈赠品，那就大不一样了。你会焦灼地打探哪里有技艺高超的工匠，为了让它们最大限度地恢复原貌，不惜殚精竭虑。

我们修补，是因为我们怀有深情。在那破损的物件的皱褶里，掩藏着岁月的经纬和激情的图案。那是情感之手留下的独一无二的指纹，只属于特定的人和特定的刹那。

考古人员修复文物所费的精力，绝对大于再造一件新品。比如一个陶罐，掉了耳朵，破了边沿，漏了帮底，假若它是新出厂的，肯定会被扔在垃圾箱里。但一件文物在修复者眼里，它们是不可替代的唯一。于是绞尽脑汁，将它复原到美轮美奂。陶罐里盛着凝固的历史和永恒的时间。

修补是一个工程，需要大耐心，大勇气，大智慧。耐心是为了对付那旷日持久的精雕细刻，勇气是为了在漫长的修复过程中，坚定自己的信念和抵御他人的不屑。智慧是为了使原先的破损处，变得更加牢靠而美观。

人们常常担心修补过的器物是否还有价值。也许在外观上会遗有痕迹，但在内在品质上，修补处该更具强韧的优势。听一位师傅说，锔过的碗，假如再摔于地，哪怕别处都碎成指甲盖大的碗茬，但被锔钉过的磁片，依旧牢牢地拢在一起。

爱情是我们一生中最需精心保养的器皿，它具备可资修补的一切要素。爱是珍贵的，爱是久远的，爱是有历史的，爱是渗透了情感的，爱是无价之宝。

爱情的修理工，不能假手他人，只能是我们自己。当我们签下爱情契约的时候，也随手填写了它的保修单。我们既是爱情的制造者，也是它的使用者和维修点。这种三合一的身份，使人自豪幸福也使人尴尬操劳。爱情系统一旦出了故障，我们无法怨天尤人，只有痛定思痛地查找短路，更换元件，改善各种环境和条件……

古书上说，假如宝玉有了裂纹，可用锦缎包裹，肌肤相亲，昼夜不离身，如此三年，那美玉得了人的体温滋养，就会渐渐弥合，直至天衣无缝，成为人间至宝。

不知这法子补玉是否灵验？若以此法修补爱情，将它放进两腔胸腔，以心血灌溉，以精神哺育，以意志坚持，以柔情陶冶，它定会枯木逢春，重新郁郁葱葱。

家庭幸福预报：
男女相悦不仅是荷尔蒙素的迸发，更是理智清醒的沟通

今日世上多预报。比如天气预报，地震预报，商情预报，服装流行趋势预报，甚至连几十上百年后的日月蚀，都有了分秒不差的天象预报。不知为什么一桩婚姻诞生时，却没人对它的走向，发布家庭幸福趋势预报。

料想此事太难。

人无慧眼，可穿透岁月层叠的雾岚，窥见新人的沧海桑田。天会变，道亦会变。地位，相貌，健康，性格……都像拥挤的卵石，在时间的渠里磕磕绊绊，几十年冲刷下来，筚路蓝缕，旧貌新颜，

有的化作晶莹玛瑙，有的碎成粉渣石屑。意志不是金刚水钻，没有那么坚不可摧的硬度，柔软多孔的人心是善变的精灵。

更无一把量尺，可丈量幸福的杯子是否饱满。你以为汹涌澎湃，他却道涓涓细滴。你陷入悲痛欲绝，她沉浸风花雪月。思维无并连，神经永绝缘，是动物的造化之幸，也是人的悲哀之源。幸福也许是高速车上捆绑的安全带，因人制宜，松窄可调，不到车毁人危的关头，看不出它所绑定的价值。

幸福无框架，幸福无定义，幸福不会立此存照，幸福无法预支和储蓄。幸福可以压缩，幸福可以扩展。幸福无保修，幸福无退换……谁愿面对一件标准模糊的朦胧产品，说短论长？

家庭的幸福，难道真是百面妖魔，没有丝毫蛛丝马迹可寻？幸福的趋势，竟如盲人摸象，永无程序可考？设想婚礼的筵席上，若有预告幸福指点迷津的权威术士，该是最受敬畏的上宾。

不知未卜先知的哲人，有何手段击穿未来，烛照今夕？依我之心，窃以为该先测测双方的智商。假如智慧相等或差值在10%左右的范围内，幸福便有了2.5分的保障。想想看，若在几十年的耳鬓厮磨中，每一句话都呢喃两遍以上，彼此才能缓缓沟通，是否慢性受刑？爱是生死与共的事，其难度不次于哥德巴赫猜想。分秒必争斗转星移的今日，脑是每个人首要的固定资产，评估它的功能状态，是严肃认真必备必需的手续。男女相悦不仅是荷尔蒙素的迸发，更是理智沟通清醒的把握。

教育的差异可在漫长的日子里填平补齐，更何况家中回荡的多是人生冷暖，并非先贤凝固的文字。假如智慧不对等，鸿沟非人力可充垫，循环往复的对牛弹琴，最易生出惨淡的麻痹和难以疗救的倦怠。世上有许多背景悬殊的夫妻，在外人以为必是寡淡无味的相守中，其乐融融。不仅是情操的契合，实有神智棋逢对手的持久快意。

单有智商是不够的，还需品质的优良与性格的互补，分数前者占 3 后者占 2 吧。

婚姻是一场马拉松呢，从鬓角青青搏到白发苍苍。路边有风景，更有荆棘，你可以张望，但不能回头。风和日丽要跑，狂风暴雨也要冲，只有清醒如水的意志持之以恒的耐力，才能撞到终点的红绳。

婚姻在某种程度上，是阴阳的大拼盘。我总怀疑性格的近似，是滋生不幸的助剂。粉了还要紫，绿了还要青，雪上加霜是搭配学上犯忌的事。然而相反相成，刚柔相济，图纸上令人神往，实施起来难度很大。度的掌握重要而微妙。逆反太凶，则是冤家对头，虽有强的磁场引力，但长久相克，磨损太甚，只怕两败俱伤。然而适当的尺寸，又像丝丝入扣的魔鞋，缥缈大地，谁知遗走何方？有的人寻找一生，找到了，是大幸运。找不到，无望无奈，也可保有死水微澜的宁静。最怕的是委委屈屈地将就，合久必分，却又当断不断。好像快餐店的塑料低背椅，可待片刻，难以枯守一生。道貌岸然地坚持，必是颈项腰腿痛。半辈子熬过去，脊柱都弯矮了。

善良在幸福这锅汤里，就像优质味精，断断少不得。我看至少把 1.5 分给它。现今有人觉得善良简直就是无用的别号，我却以为无论在生意场社交场上，善良多么忍辱蒙羞落荒而走，友谊与家居的优美疆域，永是它世袭罔替的领地。丧失善良的友谊，是溶了蒙汗药的酒池肉林。缺乏善良的婚姻，是危机四伏无法兑现的期票。婚姻易碎，婚姻易老，善良如绵绵长长包裹婚姻瓷器完整的丝缕，似青青翠翠保养婚姻花叶常青的圣水。

剩下的1分，不知判给谁好。机遇、门第、如影随形的契机、冥冥之中的缘分……都在争抢终局的发言权。它们都很重要，假如有道判定婚姻幸福的公式，都该罗列其内，在结尾处结结实实占一席之地。但我思索再三，决定将这场婚姻预言的最后因子，留给通常在爱情中故意漠视的金钱。

很世俗，但很实际。贫贱夫妻百事哀，当一生的基本生活需要都没有保障的时候，我不知家庭幸福的青鸟，可以栖息在哪棵无果的树上做巢。婚姻里沉淀着那么多的柴米酱醋盐，每一件都与金钱息息相关。我们有许多清高的场合可以不谈钱，但家是一个必须坦荡地经常地反复地赤裸裸地议论金钱的地方。对金钱的共同掌握和使用方向的通力合作，是家庭木桶防止渗漏的坚实铁箍。

钱绝不可以太少，男人女人，一定要用自己的双手，用血汗化作干净的金钱，注满列车正常行驶的油箱。钱多比钱少好，但不要超过双方卓越的智力与优良的品质可以控制的范畴。单纯的金钱，就像单纯的水一样，不加消毒照料，就会慢慢蒸发腐坏。只有金钱与善良结合，才是世上很多美好事物的摇篮。

如果我们看到一对男女结成连理的时候，智商均衡，天性互助，多温柔宽厚之心，也不乏冷静果决之勇，坚韧友爱，钱不多也不少，顾了温饱，尚有些微节余，可以奠定共同事业的起点……那么无论他们的身材多么矮弱，相貌多么平凡，出身多么低微，文化多么有待提高，情感多么不善表达，誓言如何稀少轻淡……甚至在外人眼里他们贫寒寂静，简单甚至简陋，我都有足够的理由期待，他们会在艰窘中生长出至亲至爱的快乐与幸福。

我希望祝福成真。

假如一对新人智差殊异，性格无补，少温良仁爱的善美，多冷厉森严的辣手，钱不是太多就是太少……无论他们身高如何匹配，相貌如何俊美，家世如何渊源，文凭如何耀眼，情感如何缠绵，承诺如何山盟海誓……有多少外在的光环闪烁；也无论青梅竹马，患难之交，萍水相逢，千里姻缘，弄巧成拙，指腹为婚……有多少内里的故事流传，我却总带着凄凉的心境，仿佛看到幸福终结的海市蜃楼，在不远处波光粼粼。哀痛使我无法扮出由衷的微笑。

这一回，但愿我看走眼了吧。▌▍

依然写情书的女孩：
在喧嚣的城市，
有人纯真地歌唱爱情和友情

在电波充斥整个宇宙的时代，情书已成为温馨的古典。拿到黄殿琴精美的《昨日情书》，心里洋溢起蔚蓝的云霓，一如那美丽封面上飞翔的鸥鸟。

在下雪的日子，读诗人迷蒙的语言，纷繁的意象如雪片扑面而来。仿佛看到诗人炙热的心在水波中漫浸，一圈圈泛起的涟漪，记录着生命的震颤。

我们已经许久许久没有情书了。高科技扼杀了窃窃私语的啜嚅，快节奏熄灭了柔情蜜意的低吟。人们越来越简明迅捷，生活像速冻食品，新鲜但是丧失了必要的汁液。纯洁善良的人们拒绝谈论情书，觉得那是虚幻的传说。先锋前卫的青年甚至藐视情书，觉得迟缓的笔尖跟不上跳荡的思绪，是一种迂腐。

情书似乎同鹅毛笔一道，插在历史的墨水瓶里，凝固成湛蓝的一坨。

在寂寞中，这个女孩不倦地歌唱情书，像一朵遗失在苍原上的花。

她歌唱童贞。"一个女人可以投入许多男人的怀抱，一个男人可以同时拥抱许多女人，但我怀疑那是为了真爱……命运套在一起才是爱的最高境界……爱的时候，生活会变得躁动不安，像怀孕的少妇。寻欢作乐会将最美丽的语言弄皱。"

她歌唱爱情。"连着几个夜晚没有月亮，连着几个白日没有太阳雨。若再没有你，我就没有了日子。相信你的爱没有错。相信每一个苦难的日子！你的生命已为我做了坚实的岸，那上面铭刻的文字只有一个共同的内容：爱。"

她歌唱自己。"我没有人生的经验。唯有自爱。我永远自爱，永远佩服自己的顽强。当我感到我的爱并不能给你幸福反而是痛苦时，我会撤回我的爱，用我的痛苦换回别人的自由。"

她也有痛苦的时候。"心上落着没有水的小雨，诗人发出朴素的怨怼，你也太欺负人了……你的一个字就那么珍贵？是怕我免费学了你的文采，还是怀疑我会把你的字句拿来当字帖？……我崇尚普通劳动者淳朴耿直的感情……为了要做普罗米修斯，也难免让那颗心蹦上了高加索的山顶。"

她有时又会向着一个我们所不知的对象发泄凛然怒气。"我不是代用品！我不能代替任何人。我就是我。我也不想代替谁。你更不必把谁当成谁的工具。"

面对这本厚厚的情书，阅读的时候我常常陷入迷惘。我为诗人的才气所惊讶，坦白地讲有许多地方我不大懂。它引起我强烈地探索奥秘的兴奋。

我平日主要是写小说的，缠绕在故事情节和对话之中。这使我常常用一个小说家的眼睛去读诗，犹如戴着不会变色的眼镜走进幽静的峡谷。

我极力想探索这一纸诗笺后面的故事，但是我知道这不仅徒劳而且无益。诗人只是将一盏盏清茶递于我们，让我们感受其中的芬芳。并不曾有义务告诉我们她是从哪座险峻的山崖上采得神韵。

于是我淡淡地啜这茶。遇到不大懂的地方就默默地感受那气氛。在如此喧嚣的城市，有人纯真地歌唱爱情和友情，是难得的真诚。在童话般的岚气里，我看到垂着一条独辫的女孩，用红靴子走出灵巧的脚印。

婚姻鞋:
如果鞋确实伤害了脚, 我们不妨赤脚赶路

婚姻是一双鞋。先有了脚,然后才有了鞋。幼小的时候光着脚在地上走,感受沙的温热,草的润凉,那种无拘无束的洒脱与快乐,一生中会将我们从梦中反复唤醒。

走的路远了,便有了跋涉的痛苦。在炎热的沙漠被炙得像驼鸟一般奔跑,在深陷的沼泽被水蛭蜇出肿痛……

人生是一条无涯的路,于是人们创造了鞋。

穿鞋是为了赶路,但路上的千难万险,有时尚不如鞋中的一粒沙石令人感到难言的苦痛。

鞋，就成了文明人类祖祖辈辈流传的话题。

鞋可由各式各样的原料制成。最简陋的是一片新鲜的芭蕉叶，最昂贵的是仙女留给灰姑娘的水晶鞋。

不论什么鞋，最重要的是合脚；不论什么样的姻缘，最美妙的是和谐。

切莫只贪图鞋的华贵，而委屈了自己的脚。别人看到的是鞋，自己感受到的是脚。脚比鞋重要，这是一条真理，许许多多的人却常常忘记。

我做过许多年医生，常给年轻的女孩子包脚，锋利的鞋帮将她们的脚踝磨得鲜血淋淋。粘上雪白的纱布，套好光洁的丝袜，她们袅袅地走了。但我知道，当翩翩起舞之时，也许会有人冷不防地抽搐嘴角：那是因为她的鞋。

看到过祖母的鞋，没有看到过祖母的脚。她从不让我们看她的脚，好像那是一件秽物。脚驮着我们站立行走。脚是无辜的，脚是功臣。丑恶的是那鞋，那是一副刑具，一套铸造畸形残害天性的模型。

每当我看到包办而蒙昧的婚姻，就想到祖母的三寸金莲。

幼时我有一双美丽的红皮鞋，但鞋窝里潜伏着一只夹脚趾的虫。每当我不愿穿红皮鞋时，大人们总把手伸进去胡乱一探，然后说："多么好的鞋，快穿上吧！"为了不穿这双鞋，我进行了一个孩子所能爆发的最激烈的反抗。我始终不明白：一双鞋好不好，为什么不是穿鞋的人具有最后决定权？

旁人不要说三道四，假如你没有经历过那种婚姻。

滑冰要穿冰鞋，雪地要着雪靴，下雨要有雨鞋，旅游要有旅游鞋。大千世界，有无数种可供我们挑选的鞋，脚却只有一双。朋友，你可要慎重！

少时参加运动会，临赛的前一天，老师突然给我提来一双橘红色的带钉跑鞋，祝愿我在田径比赛中如虎添翼。我褪下平日训练的白网球鞋，穿上像橘皮一样柔软的跑鞋，心中的自信突然溜掉了。鞋钉将跑道锲出一溜齿痕，我觉得自己的脚被人换成了蹄子。我说我不穿跑鞋，所有的人都说我太傻。发令枪响了，我穿着跑鞋跑完全程。当我习惯性地挺起前胸去撞冲刺线的时候，那根线早已像绶带似的悬挂在别人的胸前。

橘红色的跑鞋无罪，该负责任的是那些劝说我的人。世上有很多很好的鞋，但要看适不适合你的脚。在这里，所有的经验之谈都无济于事，你只需在半夜时分，倾听你脚的感觉。

看到好几位赤着脚参加世界田径大赛的南非女子的风采，我报以会心一笑：没有鞋也一样能破世界纪录！脚会长，鞋却不变，于是鞋与脚，就成为一对永恒的矛盾。鞋与脚的力量，究竟谁的更大些？我想是脚。只见有磨穿了的鞋，没有磨薄了的脚。鞋要束缚脚的时候，脚趾就把鞋面挑开一个洞，到外面去凉快。

脚终有不长的时候，那就是我们开始成熟的年龄。认真地选择一种适合自己的鞋吧！一只脚是男人，一只脚是女人，鞋把他们联结为相似而又绝不相同的一双。从此，世人在人生的旅途上，看到的就不再是脚印，而是鞋印了。

削足适履是一种愚人的残酷，郑人买履是一种智者的迂腐。步履维艰时，鞋与脚要精诚团结；平步青云时，切不要将鞋儿抛弃……

当然，脚比鞋贵重。当鞋确实伤害了脚，我们不妨赤脚赶路！▮

再婚的女人：
我不幸福，但是我有勇气面对它

她是一个再婚的女人，穿着华丽得体，脸上浮动着礼仪性的微笑。看到我，她说，我现在十分幸福。

我们是在一个短暂的会议上结识的，吃饭时，正巧坐到一起。得知了我的职业，她说，晚上我也许会找您聊天。

此刻她来了，在沙发上很端正地坐下，裹着裙子的双膝，有教养地并拢后微微斜倚着，双手交叉抱在胸前，恰到好处地微笑。饭店千篇一律的落地灯，透过冷白的纱罩，从她的侧后上方轻柔地打下来，勾画出她脸庞优雅的轮廓和细致的皱纹。

我真的很幸福。重复地混过这句话之后，她松开手臂，从钱夹中拿出一张全家福的照片给我看，一个大男孩和一个小女孩拉着手，一位中年男子，很踌躇满志的样子。她本人，仰望云彩微笑。背景是某游乐园巨大的摩天轮，悬挂着的每一间彩色小屋，都紧紧地关着门，像无尽的删节号，在蓝天滑行。

我看了看，依旧什么也没说。怎么，您不相信我幸福吗？她的声音好像有些气恼了，但笑容仍在。

我依旧沉默。从她进屋这短暂的时间，我不断听到"幸福"这个字眼，以至于让我高度怀疑它的真实性了。真正幸福的人，是不会半夜三更地到一个陌生人的房间来倾诉的。当某人反复描述某种情境的时候，多半是他自己对此产生了怀疑。

我稍作解释：幸福不幸福，通常只是当事人内在的感觉，没有统一的标准也无须别人的肯定。所以，我很难说什么……

之后又是长久的沉寂。也许是我的无言，更激起了她的讲述欲望：我是一个离了婚的女人。不是我想离，实在是没办法过下去了。他发了财搞第三者不说，还在外面和那女人租了房子。刚开始是每天半夜里才回来，我不说什么，总想用自己的温柔来感动他。没想到他顽石心肠，一点也不悔改。夜不归宿从每周一天，发展到三天四天，后来，干脆住到那里，公开成了一家子，倒把自己真正的家，当成了大车店。那些年，我天天以泪洗面，可我挺坚强的，真的，和谁都不说。我这人自小就要强，不能让旁人看我的笑话。小学中学同学聚会，我全都打扮得漂漂亮亮去，一次也不落，叫谁也看不出我不快活。可是我不能跟他们深谈，从小就待在一块儿，都是知根知底的人，话一多了，非露馅儿不成。倘若女友只要问一句，你怎么那么瘦啊？我的眼泪就止不住了……

在那种见不得人的日子里，我忍啊忍的，总想，人心都是肉长的，终有一天，负心的男人，会认清这世上谁是真正的贤妻。一回，他破天荒地早回来了，我还没来得及给个笑脸，他说，你不是天天夸自己多么贤惠吗，今儿考验考验你。那边停电了，洗衣机没法使了，换下的衣服都臭了，你马上给洗出来吧。她可比你讲究，洗净点，晾干了，得熨平……我当时什么话都说不出来，就是你娶了两个老婆，我也算大的，怎么能反过来伺候你们这对狗男女！我把一包脏内衣，兜头兜脑地甩到他身上，转身上了法院。

离了婚，前夫不要孩子，抚养费给得也很少。我发了狠，一定要让女儿过上公主般的生活，让那个男人看一看，没有他，我们活得更有滋有味。话说起来容易，但对一个白发悄然上头的女人来说，钱哪里是容易挣的？后来，我找到了一家卖玩具的公司，那儿是提成制，你卖得多，就能挣得多。人家一看我这么大岁数了，说，卖玩具可是年轻人的事业，得欢蹦乱跳的，自己整个是一大玩家，孩子们才会乐意买。您啊，还是去卖个纺织品什么的，兴许还有点收益。他们说得在理，可卖衣料赚得太有限，我得养活孩子啊，就硬着头皮卖起了玩具。

一说玩具，您可能就想起积木、空竹什么的，那些太古老了。现在都是高科技的东西，一部动画片放出来，紧跟着上市的玩具，都是那里头有名有姓的玩偶，狂风似地迷倒了无数孩子。干这种行当，弄好了是暴利，只不过一般人不大知道内情。销玩具的季节性很强，春节前热卖，再有就是每年暑假，刨去这两个旺季，就很冷清。孩子们学习紧，考了期中考期末，谁还尽给孩子们买玩具啊？此行中的老手，都跟北方农民似的，干半年闲半年，忙时忙死，闲时骨头生锈。他们干得长了，都有自己的据点，也就是老客户，像一张绳床，织得密密麻麻。我一个青春不再的女人，哪里插得进去！所以，我刚入行时，收入很可怜。我想，这么下去，我们娘儿俩离饿死也不远了，我得改换策略。抢别人行的事，我不能干，我没那个本事，能把别人的老关系抢过来。退一万步讲，即便成，我也下不了那个手，叫人戳脊梁的事，咱不能干。

后来，淡季来了，大伙都闲着。我想，为什么不能试试呢？生孩子是不分淡季旺季的，每年每一天，都会有孩子过生日。现今的孩子是小皇帝，七大姑八大姨的，都赶来凑热闹。送豪华玩具，是个风光事。我上了年纪，要是直接和买玩具的孩子打交道，肯定不如那些和孩子年龄接近的大娃娃们占优势，但我要是和成年人交往，以一个妈妈的身份出现，那些想给孩子买玩具的亲属们，就容易相信我。这个路数定下来，我就不辞劳苦地跑商场推销。我长的模样不像个商人，是个缺陷其实也是个长处，更容易让别人少戒心，乐意买我推荐的货色，把我看成是一个爱孩子的妈妈……

刚开始，口干舌燥啊，说得我都腻烦听见自己的声音了。我把玩具操纵得比任何一个调皮的孩子都更出彩，简直成了一个大顽童。我的业绩开始缓缓上升，有点像盐碱地的果树，刚栽下的时候，半死不活的，真不敢寄什么希望，但慢慢地它扎下根来了，一天比一天有起色，开始挂果子了……

我轻轻摆了摆手。她是个很敏感的女人，立刻把说了半截儿的话含住了。

我说，我很理解你的努力和艰辛。但是，我们的时间有限，我想你到这里来，恐怕最主要的不是讲你怎么成了玩具商，我更关心的是你的痛楚。

她的脸一下子变了颜色和形状，瓜子脸痉挛，青色透过脂粉渗出来，颤抖着说，我苦，您怎么看出来的？

我说，是猜。

她紧咬嘴唇，好像有些东西要自动跳出来，她在做最后抵抗。

我依旧什么也不说，等着她。

过了好半天，她说，好吧，我都告诉您。我干吗上这儿来？不就是要找个人，把心底的黄连水倒倒吗？要不，我会被自己的过去呛死了。她的语句快而微弱。后来，我有钱了。挺多，够我们娘儿俩过日子的。我想找个丈夫了。以前我没钱的时候，不敢找，怕自己条件太差，找不到好的，让女儿也跟着受委屈。现在，有条件了，我也能挑挑别人了。挑了多少人，才挑中了我现在的丈夫。他也是被人抛弃的，我想吃过亏的人，应该更懂得珍惜。他带着一个男孩，他前妻也是不要孩子的。他没钱，日子像我以前那么苦。总而言之，我俩有很多相像的地方，同病相怜啊。一见面，我就喜欢上他了。我说，我会给孩子当好后妈的，跟对我的孩子一样好。有我们娘儿俩吃的，就有你们爷儿俩吃的。

婚礼我是竭尽所能地办得声势浩大。我把能请的同学都请来了，让他们亲眼看到我的富贵和快乐，并且证明我不是一个贪图财势的女子，我一心追寻的是我的幸福。被人抛弃一次，并没有什么了不起的，我又站起来了。

婚后不久，女儿就对我说，她不喜欢哥哥。她挺乖的，早就改口叫爸叫哥了。我想她一个人待独了，有个适应的过程。我对男孩格外好，因为不想叫人说我这个后妈偏心。他在学校闹事，我去挨老师的训斥，代他检讨，交罚款。后来他和小流氓打架，把人家的一只眼弄瞎了，人家要把他送去劳教。我吓坏了，心想，没和这家结亲以前，这孩子还没这样，现在出了事，传出去，我还有什么脸啊！

于是，我拿出自己积蓄的一半，帮他把这件事摆平了。原来后夫不知道我有多少钱，从这事以后，他就倚在我身上，啥也不想干了。我跟他说，我的钱没多少了，咱一家四口，要是光花不干，支撑不了多少时间。他不信，说我为了一个不是自己亲生的孩子，都能一下子出那么多钱，不定潜伏着多大的油水呢。

这些我都忍了，心想将就着过吧。我不能再离婚了，离过婚的女人输不起了。你第一次错了，人家还会同情你，你再次错了，人家只有嘲笑你。所有的朋友都以为我过得很好，我无法把真相说出。

后来，我发现原本跟我无话不谈的女儿，话越来越少，简直就成了哑巴。我问什么她都不说，我知道她恨我把两人之家变成了四人之家。可她就不想想，一个孩子没有爸爸，人家会怎么看？现在，起码这个家表面上是完整的。至于别的事，自己不说，谁也不知道。

我就生活在这样的幻想中，直到有一天，在沙发上发现了血迹。我家养了一只猫，我以为是谁叫猫抓了，就嚷嚷起来。那要是得了狂犬病可不得了，赶快到防疫站打针吧！当时只有两个孩子在家，我女儿脸色惨白，但还是什么也不说。那个男孩就跪下了，说他把妹妹给强暴了……

我的如花似玉的女儿啊！那一刻，山崩地裂啊。

我以为我会昏过去，可惜我没有。我想这事怎么办呢？我要去报案。后夫知道了，也给我跪下了，说你要是告了，有什么好处？我丢人，我儿子丢人，可你女儿也丢人，你更丢人……你们丢的人更丑、更大、更多！

那个旺季，我一分钱的玩具也没卖出去，大家都说我是叫幸福泡软了，连活计也不想干了。只有我自己知道，那是怎样的苦海。面对大伙的玩笑，我更是说不出一句真话。后夫说得也许有理，一切都已是生米熟饭，你告了，什么也不会改变，得到的只是耻笑。还不如自己憋着，好歹在外面还有一份面子，所以……

所以，你就怀揣着全家福的照片，不停地给人看，不停地重复"我很幸福"这样的谎言！我说，心因为怜悯和愤怒而撕裂。她不是我遇到的最悲惨的女人，但却是最自欺欺人的懦弱者。

可不这样，我有什么法子？离过婚的女人输不起啊……她闭上眼睛，有一颗很大的泪珠从一只眼流下来，另一只的眼角始终干燥。我该怎么办啊?! 她发出母狼一样的哀嚎。

我说，离过婚的女人，可以再离婚。跌倒了的女人，可以原地爬起来。女儿是受害者，丢人的绝不是你们。人为什么要生活在自己编织的谎言中? 你口口声声说最爱自己的女儿，可你辜负了她的信任。你是她的保护人，你没有尽到自己的职责! 你纵容了犯罪，你懦弱，你无能，你生活在一个残酷的谎言中，你也在对女儿犯罪……

她终于收起了自己的笑容，放声痛哭，泪如雨下。

我所能做的唯一的事，就是不停地给她递纸巾。满地的白纸团触目惊心地滚动着，好像此处降下特大的冰雹。

许久许久，她终于停止了哭泣。我看到一种力量的光芒，闪烁在她因为哭泣而变得真实的脸颊上。

现在，我最该干的是什么? 她有些不知所措地看着我。

我说，以你在商场上的征战，我相信你是一个有勇气有智慧的女子，你是一定知道自己该干什么的。

她若有所思，然后喃喃地说，我知道我第一件事该干什么了。

她把那张全家福抽出来，撕得粉碎。指甲因为过度用力，边缘变得毫无血色。相纸裂解成只有玉米粒大小的碎屑，她到卫生间，放水把全家福的尸骸冲走了。

我不幸福，但是我有勇气面对它。临走的时候，她说。

关于婚姻和家庭的独白：
失败有时可以提供教训，
有时会使我们更加昏了头脑

你认定了一个男人或是一个女人为终身伴侣，就是斩钉截铁地拒绝了这世界上数以亿计的男人和女人。也许他们更坚毅更美丽，但拒绝就是取消，拒绝就是否决。拒绝使你一劳永逸，拒绝让你义无返顾，拒绝在给予你自由的同时，取缔了你更多的自由。拒绝是一条单航线，你开启了闸门，就奔腾而下，无法回头。

拒绝的实质是一种否定性的选择。

我们的拒绝常常过于匆忙。这是因为我们在有可能从容拒绝的日子里，胆怯地挥霍掉了光阴。我们推迟拒绝，我们惧怕拒绝。我们把拒绝比作困境中的背水一战，只要有一分可能，就鸵鸟式地缩进沙砾。殊不知当我们选择拒绝的时候，更应该冷静和周全，更应有充分的时间分析利弊与后果。拒绝应该是慎重思虑之后一枚成熟的浆果，而不是强行捋下的酸葡萄。

结婚通常是在我们尚未完全明了它的严重性前，就匆忙决定了的一件事。

它是年轻人最大也是最初的一场赌注。

晚婚和思考可以部分地补救我们的缺乏经验。

但它从根本上说，是不可预测的。

现代文明给了我们弥补的机会，这就是离婚。

如果一个人从第一次婚姻里学到的不是正确的经验，就可悲地进入了一轮更盲目的赌博。

失败有时可以提供教训，有时会使我们更加昏了头脑。

女孩为了使自己显得可爱，就不由自主地在男人面前装傻。

喜欢傻女人的男人，不是自己弱智，无法同聪慧的女孩并驾齐驱；就是旧礼教的信徒，以为女子无才便是德。

同这样的男人分手，原是不足惜的。

夫妻吵架表面上看来都是因为极小的事情，但下面常常潜伏着由来已久的情感危机。假如我们不想分手，就一定要把这股暗流找出来，清醒地对待它，排解它。

当我们守候在年迈的父母膝下时，哪怕他们鬓发苍苍，哪怕他们垂垂老矣，你都要有勇气对自己说：我很幸福。因为天地无常，总有一天你会失去他们，会无限追悔此刻的时光。

我不相信一见钟情。钟情其实是"一见"之后经过漫长时间思索的确认。如果只有一见，而没有其后的八见、十见、百见……情就始终无所黏附，不过是飘在空中的尼龙丝。

如果真的因一见而没齿不忘，那实际上钟的不再是情，而是自己浪漫的想象与幻觉。

幸福并不与财富地位声望婚姻同步，它只是你心灵的感觉。

对于我们的父母，我们永远是不可重复的孤本。无论他们有多少儿女，我们都是独特的一个。

假如我不存在了，他们就空留一份慈爱，在风中蛛丝般无以附丽地飘荡。

假如我生了病，他们的心就会被缩成石块，无数次向上苍祈祷我的康复，甚至愿灾痛以十倍的烈度降临于他们自身，以换取我的平安。

我的每一滴成功，都如同经过放大镜，进入他们的瞳孔，摄入他们心底。

假如我们先他们而去，他们的白发会从日出垂到日暮，他们的泪水会使太平洋为之涨潮。

面对这无法承载的亲情，我们还敢说我不重要吗?

母亲的关切就像一件旧时的毛衣，在严寒的日子里我们会忆起它的温暖，在风和日丽的春天，我们就把它遗忘。但对母亲来说，每一缕思念都那样绵长，每一条关于我们的音讯都令她长久地咀嚼。我们每一点微小的成绩都会熨平她额上的皱纹，我们的每一次挫折和失误都会令她扼腕叹息……

这也许是一条奇怪的放大定律——儿女的风吹草动，会凝聚成疾风骤雨降临母亲的心灵。当我们跋涉在人世间的时候，母亲的心追随着我们，感应着我们，承受着我们的苦难，分担着我们的忧愁。

尽管世上规定了母亲节，其实母亲无节日。或者说，母亲也是天天过节日的。孩子会笑了，孩子会走了，这就是母亲的节日啊。孩子唱第一首歌，孩子写第一个字，这都是母亲的节日啊。

孩子得了第一次奖，虽说只是一支普通的铅笔，这也是母亲盛大的节日啊。

孩子学得了知识，孩子建立了功业，孩子在世界上找到了属于他的另一半，孩子有了更小的孩子……这都是母亲的节日啊。

孩子的每一滴进步，都是母亲永远铭记在心的节日。

一位母亲，培养出一个优秀的孩子，那就是人类永恒的节日。

一个不爱母亲的人，基本上是没有救的。无论他取得了怎样的成就，在他的内心深处，永远是冷漠。

结婚约等于：
结婚是一次必将穿越风暴的航行

世界上的事情，有些是不好比的，比如一颗星球和一片树叶，孰重孰轻。

当然是星球重了。但那星球远远地在天上飘着，和我们没有什么关系。一片袅袅的树叶坠下来，却惹得一位悲秋的女子写下千古绝唱，孰轻孰重。

但人们仍然喜爱比较，古时流传"不比不知道，一比吓一跳""人比人得死，货比货得扔"等诸多话语，说明"比"的重要性。如今科学加盟，更是创出了许多先进的指标，使"比"这件事，空前地科学和精确起来。

看到过一张"社会再适应评定量表"。

那表的左端，将我们生活中可能遭遇的变化，列成长长的一排。从亲人死亡，夫妻不和，离婚退休，违法破产，搬家坐牢，一直到睡眠习惯的改变和亲家翁吵架这样的事件，都做成明细的账表，计有数十种之多。

表的右侧，列出各相应事件的"生活变化单位"，简言之，就是一个事件对生活影响的严重程度。据说这个表是根据五千多人的病史分析和实验室实验所获资料，可以对某个人因为生活变化而造成的适应程度，作出数量估计。

当生活变化单位超过150时，80%的人感到严重不适、抑郁或有心脏病发作。

这段话说起来十分拗口，其实就是把我们在生活中经常遭遇到的事，像小学生的算术卷子似的，每题各打一个分，说明它对我们身心的影响。把最近碰上的事的分叠加起来，就得到了一个总分，大致表明它们对我们生存境况的影响。不过这个分可不像高考的分，越高越好，而是患病的危险性同分数成正比。

列于生活事件严重程度的前三项是：

配偶的死亡：得分 100。

离婚：得分 73。

夫妻分居：得分 65。

可见在纷繁的世界上，家庭和亲人对我们至关重要。爱护家庭，就是爱护我们自己的生命。

金钱对身心的影响，远没有想象中那般显赫。少于一万元的抵押和贷款，居于严重等级的第三十七级台阶上，分值仅仅为17，只相当于过一次半圣诞节。

各种节日也被列入影响生活的事件，比如圣诞节，它的分值是12。刚开始很有些不得要领，过节是快乐的事情，怎么反成了坏事，静下心来想想，也有道理。在每一个盛大的节日后，都有许多人疲倦和病痛。假如是身在远方的游子，每逢佳节倍思亲，潸然泪下，忧郁足以致病了。

与上司的矛盾，分值是23，只相当于一次半睡眠习惯的改变。睡眠习惯的改变分值为16。

这表是洋人制定的，不大符合我们的国情。他们职业上来去比较自由，与老板闹僵了也不是什么了不起的事，对自家的情绪影响不大。若是中国的统计数字，和领导翻了脸，对目前的形势和以后的出路，都会投下巨大的阴影。这一点分值肯定是不够用的，起码需高上一倍。

表上所列大多是消极事件，就是我们常说的坏事。但也有积极事件。比如制定者们将"杰出的个人成就"这一辉煌事件的影响值，定为28分，相当于"儿女离家29分"和"姻亲纠纷29分"。我们这个民族信奉的是"人逢喜事精神爽"，高兴还来不及呢，哪里还会因此有病？

反过来一想，中医素有"大喜伤心"与"乐极生悲"之说，大约也是这个道理。比如《儒林外史》中的范进中举，不知算不算是具备了"杰出的个人成就"，但痰迷心窍，一时疯傻，需他的岳丈一巴掌打在脸上才苏醒过来，却是千真万确的了。

"结婚"这一栏的分值是"50"。

约等于一个半知心好友的死亡，好友死亡为 37 分。

约等于一次搬迁 20 分加上一次转学 20 分，再加上一次轻微的违法行为 11 分的总和。约等于个人的受伤或是害病，这一项为 53 分。

超过了被解雇 47 分和退休 45 分。

"结婚"这件大喜事，竟有这样高的不良影响分值，世间许许多多的女子，可能也同我一样出乎意料，对人生的这一重要转折估计不足。

这张表当然也不是权威，但它毕竟从另一个角度向我们发出异样的警报。

结婚给女人带来了巨大的变化，从女儿变成媳妇，从恋人变成妻子，从自由身进入了特定的角色。

中国有句古话，叫作"凡事预则立，不预则废"。这张表也相当于我们生活的预报表，它是客观而严峻的。

过多沉迷于玫瑰色想象，对幸福不切实际的甜蜜憧憬，会削弱承受艰难的耐力。婚姻并不仅仅是快乐，是节日，是两情相悦，是生死与共。它还是考验，是煎熬，是一种熟悉生活的破坏和一种崭新模式的建立，是包含了智慧勇气人格意志的双方重新组合。就像进入一方陌生的大陆，所有的事件都有可能发生，我们对此必须有清醒的认识和足够的心理准备。

结婚约等于一次必将穿越风暴的航行。当新船驶离港口的时候，两个水手要将自己的身心调整到最光明最昂扬的状态，镇静地眺望远方，携手向前。▌▏

未雨绸缪的女人：
很多人爱情和婚姻的出发点是逃避孤独

有一个游戏，我做过多次。规则很简单，几十人，先报数，让参加者对总人数有个概念（这点很重要）。找一片平坦的地面，请大家便步走，呈一盘散沙。在毫无戒备的情形下，我说，请立即每3人一组，牵起手来！场上顷刻混乱起来，人们蜂拥成团，结成若干小圈子。人数正好的，紧紧地拉着手，生怕自己被甩出去。不够人数的，到处争抢。最倒霉的是那些匆忙中人数超标的小组，你看着我，我看着你，不知谁应该引咎退出……

因为总人数不是3的整倍数，最后总有一两个人被排斥在外，落落寡合手足无措地站着，如同孤雁。我宣布解散，大家重新无目的地走动。这一次，场上的气氛微妙紧张，我耐心等待大家放松警惕之后，宣布每4人结成一组。混乱更甚了，一切重演，最后又有几个人被抛在大队人马之外，孤寂地站着，心神不宁。我再次让大家散开。人们聚拢成堆，固执地不肯分离，甚至需要驱赶一番……然后我宣布每6个人结成一组……

这个游戏的关键，是在最后时分逐一地访问每次分组中落单的人，在被集体排斥的那一刻，是何感受？你并无过错，但你是否体验到了深深的失望和沮丧？引申开来，在你一生当中的某些时刻，你可有勇气坚信自己真理在手，能够忍受暂时的孤独？

我喜欢这个游戏，在普通的面团里面埋伏着一些有味道的果馅。表面是玩耍，让人思维松弛，如同浸泡在冒着气泡的矿泉中，奇妙的领会或许在某个瞬间发生。

我和很多人玩过这个游戏，年轻的，年老的……记忆最深刻的是同一些事业有成的杰出女性在一起。也是从3个人一组开始的，然后是4个人一组。当我正要发布第三次指令的时候，突然，场上的女人们涌动起来，围起了5个人一组的圈子……我惊奇地注视着她们，喃喃自语道：我说了让大家5人一组吗？她们面面相觑，许久的沉默之后回答——没有。我说，那为什么你们就行动起来了？听到了什么？想到了什么？

那一天，就这个问题，展开了激烈的讨论。大家说，我们是东方的女人，极端害怕被集体拒绝的滋味。看到了别人的孤独，将心比心，因此成了惊弓之鸟。既然前面的指令是 3 人 4 人一组，推理下来就该是 5 人一组了。错把想象当成了既定的真实。现实的焦虑和预期的焦虑交织在一起，让我们风声鹤唳。我们是女人，更需要安全，于是就竭尽全力避让风险。至于风险的具体内容，有些是真切确实的，有些只是端倪和夸张。甚至很多人的爱情和婚姻，那出发点也是逃避孤独。

后来，我问过一位西方的妇女研究者，她可曾遇到过这种情形？她说——没有，在我们那里，没有出现过这种情景。也许，东方的女性特别爱未雨绸缪。我不知道这是表扬还是批评，大概，所有的优点发展到了极致，都有了沉思和反省的必要。

婚姻建筑：
性格就是命运，你有怎样的观念，就会有怎样的婚姻

所有建造家庭的人，都不会希望在这所百年大计的房屋中埋藏灾难的因子。但是，你从热闹的婚礼归来，过一段时间再去瞧瞧，你会惊奇地发现，占相当一个百分比的婚姻建筑，不再是举行婚礼时美丽风光的模样。当初油饰一新的外表开始衰败，地基被蝼蚁蛀了密集的窝孔，承重梁根本就没有打进钢筋，甚至古怪到没有玻璃没有门，所用砖瓦都是伪劣产品……这些可叹可怜的小屋，在风雨中摇摇欲坠，不时传来断裂和毁坏的噪声。再过几年看看，有的已夷为平地，主体结构渺无踪影，遗下一片废墟。有的被谎言的爬山虎密密匝匝地封锁，你再也窥不到内部的真实。有的门户大

开，监守自盗歹人出没，爱情的珍藏已荡然无存。有的徒有虚名地支撑着，坑灰灶冷、了无生机……更可怕的是在这样衰败的婚姻陋室中，你或许会听到婴儿的哭声，生命的规律在令人不安地运行着。

我想，有朋友会说——你是乌鸦嘴啊。所有处在热恋和谈论婚嫁阶段和已经披上婚纱的女子，都直觉地反感我以上所描述的种种情形。以为那只是小说和电视连续剧中出现的情节，是让人茶余饭后听着解闷的，是绝不会发生在自己身上的。我能理解这种心情，自己也不愿在大喜的日子里，做令人不快的预言。但是，原谅我，我听过太多的女孩谈过粉红色的梦想，我看到过太多的女子感伤哀怨的目光。我想说，性格就是命运，你有怎样的观念，你就会有一份怎样的婚姻。▊

再祝你平安：
假如一时想不出好办法，
就把痛苦放进冰箱

那天接到一个电话，很陌生的女声，轻柔中隐含压抑，说毕老师，我想跟您谈谈。

我说，啊，你好。此时我正在工作，以后再谈，好吗？

那女人说，我可能没有以后了。或者说以后的我，就和现在的我不一样了。我是您的读者。一次您在劳动人民文化宫签名售书，我买过您的书。那天孩子正生病，因为喜欢您，我是抱着病儿子去的。当时我还请您在书上留一句话，您想了想，下笔写的是——"祝你和孩子平安"。一般不会这样给人留字，是不是？而且您并不是写"祝全家平安"。您没提到我的丈夫，您只说我和孩子。您那时一定就已看穿了我的命运，我那时是平安的。不，按时间推算，那时我就已经不平安了，但我不知道，我以为自己是平安的。现在，我不平安了，很不平安。我怎么办？我不能和任何人说我的事，心乱如麻。我狂躁地想放纵一下自己，那样也许会使我解脱。起码世上可以有人和我一样受罪受苦，我没准会好一些……

我一边听着她的话语，一边竭力回忆着，售书……生病的孩子……可惜什么也忆不清。我是经常祝人平安的，觉得这是一种看似浅淡其实很值得宝贵珍惜的状态。沉默中，我知道自己不能轻易放下话筒，在电线的那一边，有一颗哭泣而颤栗的心灵。

我假装茅塞顿开，说，哦，是！我想起来了。你别急，慢慢说，好吗？现在我已经把电脑关了，什么都不写了，专门听你说话。

女人停顿了片刻，很坚决很平静地说：毕老师，我得了梅毒。

那一瞬，我顿生厌恶，差点儿将话筒扔了。以我当过多年医生的阅历，原不该如此震动，但我以为，一位有着如此清宁嗓音并且热爱读书的女人，是不该得这种病的。

也许正因为长久行医的训练，使我在片刻憎畏后，重燃了普度众生的慈悲心。你可以拒绝一个素昧平生的读者，但你不能拒绝一个殷殷求助的病人。

我说，得了梅毒，要抓紧治。别去街上乱贴的江湖郎中那儿瞎看，一定要到正规的医院就诊。不要讳疾忌医，有什么症状就对医生如实说啊。

女人说，毕老师，您没有看不起我，我好感动。这不是我的错，是我丈夫把脏病传染给我。我们是大学同学，整整四年啊，我们沉浸在相知的快乐中。我总想，有的人，一辈子也找不到自己的那一半，但我在这样年轻的时候，一下子就碰上了，这是老天对我的恩惠，像中了一个十万分之一的大奖。毕业之后，我留在北京，他分到外地。好在他工作的机动性很强，几乎每个月都能找到机会回京。后来我们有了孩子，相亲相爱。也许因为聚少离多，从来不吵架，比人家厮守在一起的夫妻，还亲近甜蜜。从去年下半年开始，他突然不回家了。你说他不恋家吧，几乎每天给家里打个长途电话，花的电话费就海了去了，没完没了地跟我说些鸡毛蒜皮的事，可就是人不回来，连春节也是在外面过的。前些日子，他总算归家了，但一副心事重重的样子。问他，什么也不说。哪怕这样，我一点儿疑心也不曾起过，我相信他比相信自己还坚决，就算整个宇宙都黑了，我们也是两个互相温暖的亮点。后来，我突然发现自己得了奇怪的病，告诉他后，他的脸变得惨白，说，我怕牵连了你，一直不敢回家。事情过去这么长时间了，我以为自己已经完全治好了，才回来。终是没躲过，害了你。

我摇着他的身子大喊道，到底是怎么回事，你老老实实说清楚！

他说，一次，真的只有一次。我陪着上面来的领导到歌厅，他叫了小姐，问我要不要？我刚开始说不要，那领导的脸色就不好看，意思是我若不要小姐，他就不能尽兴。我怕得罪领导，就要了……事情就这么简单。三个星期后，我发现自己烂了，赶紧治。那一段时期，我的神经快要崩溃了，天天给家打电话，但没法解脱。现在我把一切都告诉你了，我对不起你，听凭你处置。无论你采取怎样严厉的制裁，我都接受。

这是三天前的事。说完，他就走了。我查了书，《本草纲目》上说"杨梅疮古方不载，亦无病者。近时起于岭表，传及四方……"他正是在广州染上的。三天了，我没合一下眼，没吃一口饭，只喝一点儿水，因为我还得照料孩子……我甚至也没想看病的事，因为我要是准备死，病也就不重要了……

听到这里，我猛地打断她的话，说你先听我说几句，好吗？我行过二十多年的医，早年当过医院的化验员。在高倍显微镜底下，观察过活的梅毒螺旋体。那是一些细小的螺丝样的苍白生物，在新鲜的墨汁里唯有对梅毒菌，采取这种古怪的检验方式，会像香槟酒的开瓶器一样，呈钻头一样垂直扭动。它们简陋而邪恶，同时也是软弱和不堪一击的。在 40 摄氏度的温度下，转眼就会死亡。

我顿了一下，但不给她以插话的间隙，很快接着说，你一个良家妇女，一个受过高等教育的知识女性，一个贤惠温良的妻子，一个严谨家庭出身的女儿，一个可爱男孩的母亲，就这样为了一种别人强加给你的微小病菌，自己截断生命之弦吗？你若死了，就是败在长度只有十几个微米的苍白的螺旋体手里了！

电话在远方沉寂了很久很久，她才说，毕老师，我不死了。但我要报复。

我说，好啊。在这样的仇恨之下，不报复，怎能算血性女人！

只是，你将报复谁？

她说，报复一个追求我的领导。他也是那种寻花问柳的恶棍，我一直全力以赴地躲避他，但这回，我将主动迎上去诱惑！虽然这个领导不是那个领导，但骨子里，他们是一样的，我必让他身败名裂。

我说，对这种人，不必污了我们的净手。他放浪形骸，螺旋体、淋病菌和艾滋病毒，自会惩罚他。等着瞧，病菌们有时比人类社会的法则，更快捷更公平。

女人叹了一口气说，好吧，我依您。可我满腔愁苦何处诉？！日月无光，天塌地陷啊！

我说，事情真有那么严重吗？你还是你，尽管身上此时存了被人暗下的病菌，但灵魂依旧清白如雪。

她说，我丈夫摧毁了我的信念。此刻，万念俱灰。

我说，女人的信念仅仅因为丈夫而存在吗？当我们不曾有丈夫的时候，我们信谁？信自己！当丈夫背叛堕落的时候，我们信谁？信自己！当丈夫因为种种理由离我们而去的时候，我们信谁？信自己！丈夫再好，也是外部世界的一部分，变与不变，自有它的轨道，不依我们指挥。世上唯一可以永远依傍永不动摇的，是我们自己培植的心灵与意志。

电话的那一端，声响全无。许久许久，我几乎以为线路中断。当那女人重新讲话的时候，音量骤大了百分之三十。

您能告诉我，今后怎么办？原谅我的丈夫吗？我是一个尊严感很沉重的女人，无法在今后漫长的岁月里，假装忘记了这件事。不忘记就无法原谅。解散这个家，所有的人都会问这是为什么，内幕就得大白天下，我也无法面对周围人和亲友悲悯的眼色。我想，有没有既凑合着过下去又让我心境平衡的办法呢？只有一个方子，就是我也自选一个短儿，一个瑕疵，我和丈夫就半斤对八两了。我有一位大学男同学，对我很好。我想，等我治好病以后，当然是完完全全地好了，我就把一切告诉他，和他做一次爱，这样我和丈夫就扯平了，我的痛苦就会麻痹。您说，我是否有权利这样做？她窘急地询问，好像在洪水中扑打逃生的门板。

这一回，轮着我长久地踌躇了。我不是心理医生，不知该如何准确地回答她，只好凭感觉说：我以为，在不违反法律的情形下，你有权利做自己想做的事。但在这之前，请三思而后行，以错误去对抗一个错误，并不像三岔路口的折返，也许会蒙出个正确。它往往导致更复杂更严重的错误，而绝不是回到完美。女人在深重的打击之下，心智容易混乱。假如我们一时想不出好办法，就把痛苦放到冰箱里吧。新鲜的痛苦固然令人阵痛恐惧，但还不是最糟。我们可以在悲愤之后，化痛苦为激励。最可怕的是痛苦的腐烂和蔓延，那将不可收拾。

她沉吟半晌，然后说，谢谢您。我会好好地想您说过的话。打搅您了。我在这世上，没有一个人可信任又可保密，只有对您说。耽误了您这么多时间，很抱歉。

我说，假如多少能给你一点儿帮助，我非常乐意减轻你的痛苦，我又说，最后能问你是怎样知道我的电话号码的吗？

她在整个谈话过程中，第一次轻轻地笑了，说，信息社会，我们只要想找一个人，他就逃不掉。您说对吗？

我也笑了，说，对。假如今后我还有机会给你留言，会再一次写上——祝你和孩子平安。

Part 5

你要学着自己强大

我听过太多的女孩谈过粉红色的梦想，
看到过太多的女子感伤哀怨的目光。
我想说，性格就是命运。

勇气和自尊都掌握在自己手中：
要有勇气对自己说"我很重要"

成 熟的女性，应该有爱自己和爱别人的能力。

晓云：听说你现在正在北师大读心理学，能不能从心理学的角度分析一下，什么样的女人是成熟女性？成熟的女人应该具备什么样的心理素质？

淑敏：我觉得成熟女人首先是一种年龄上的界定。女人从 30 岁成熟，或者是 25 岁，大致有个范畴。但也许个别人 50 岁也还不成熟。任何事物都有它的发生、发展直至巅峰，然后又走向衰亡的过程。而从心理上看，如果她有很好的心态，在她成熟以后，她应该具有更为持久、更为永恒的那样一种品质。因此，我认为一个成熟女人，应该是有力量，有智慧，有光彩的。

晓云：这是否就是女性成熟的标志？

淑敏：如果从心理上说，我认为成熟的女性应该有爱自己和爱别人的能力。

晓云：这个见解很独特，能不能展开谈谈？

淑敏：我觉得女人一定要爱自己，这种爱不是单纯的生物之爱，也不是盲目的、不顾一切的、完全奉献的那种。我想，爱自己包括接受自己的身体，接受自己的容貌，无论美丑；她还要知道自己作为女人的长处和短处。一个成熟的女人应该接受这些不可改变的东西，然后去挖掘深藏在自己身心中美好的东西。比如我们都将衰老，就要面对和接受这个现实；掩饰不单是徒劳，首先是一种软弱。勇气并不储存在脸庞里，而是掌握在自己手中。

晓云：读过你的一篇散文《我很重要》，是否也是爱自己的一种版本？

淑敏：许多年来，没有人敢在光天化日之下表示自己"很重要"，我们从小受到的教育都是——我不重要。我们每一个人都应该有勇气这样说：我很重要。我们的地位可能很卑微，我们的身份可能很渺小，但这丝毫不意味着我们不重要。重要不是伟大的同义词，它是心灵对生命的允诺。

晓云：爱别人的含义是什么？

淑敏：爱别人，这"别人"就是自身以外的东西：爱异性，爱自己的事业，爱孩子，爱动物，爱功利以外的种种，包括大自然。总之是属于人性中的那些善良的部分，我觉得女性应该有这些品质。

晓云：**实际上就是有爱心。你是否觉得女性比男性有更多的责任心？某件事交给女人做更让人放心，这可能与女性在家庭中的地位有关吧？**

淑敏：我非常同意你的观点。女性肩负着主要的繁殖、繁衍人类的重任，世上没有什么比哺育自己的后代更有责任感的了。我想，一个人培育另外一个人，这可能是世界上顶顶需要责任心的事情了。我生下孩子以后，第一个感觉是责任，这或许就是母爱。

婚姻不仅是两情相悦，生死与共；它还是考验，是煎熬，是双方智慧、勇气、人格、意志的重组。

晓云：**你在成就事业的过程中，家庭处于什么位置？**

淑敏：在家里，我既是个母亲，又是个妻子；我还有我的工作，还要读书，同时担当各种各样的角色。这些角色之间会有冲突，我必须不断地合理安排这个序列。

晓云：**是否会互相干扰？家务事谁来做？先生能帮上忙么？**

淑敏：先生不可能取代我，虽然他已经给了我很大的帮助。应该说，家庭，会有很多很细小的事情，直接影响你的心情，影响你的写作，我对他们说，心情就是生产力。

我要想办法使大家在情绪上平衡。比如，我就经常表达对他们的感激之情。我们这些人常常羞于表达，似乎我不说你也知道，心领了就是了。其实不然。我经常会对我爱人说，你帮我这么大的忙，我非常感谢你。其实也不能说你帮了我，这是我们共同的事嘛。后来他说，咳，我看你忙成这样，我不帮你，谁帮你！这不就行了。

晓云：谈谈你对婚姻的看法，好么？

淑敏：婚姻并不仅仅是快乐，是两情相悦，是生死与共；它还是考验，是煎熬，是一种熟悉生活的破坏和一种崭新模式的建立，是包含了智慧、勇气、人格、意志的双方重新组合。就像进入一片陌生的大陆，所有的事件都可能发生，我们对此必须有清醒的认识和足够的心理准备。

晓云：看来对婚姻不切实际的憧憬，会削弱了在以后的日子里承受艰难的耐力。你觉得怎样才能维系好一个"家"呢？

淑敏：家是什么呢？是一对男女永不毕业的大学。人们以为家中的人多温柔多和蔼，真是错了。在涡轮般旋转的社会里，家庭里的人也许比街市上的人更脆弱，更敏感，更容易冲动。常常听到因小事争吵的女人说，我从此不理丈夫，等他来同我说第一句话。男人就更是不肯低下高昂的头。

晓云：要是你遇到这类事怎么办？

淑敏：冷漠后的第一句话就真的那么重要么？既然我们相爱，爱就是我们共同的心声，爱里面就有原谅、宽恕、包容和鼓励，这就是我的处理家事的态度。

晓云：难得。这也算是爱他人的能力吧！你是怎么教育你的孩子懂得爱他人的？

淑敏：现在的孩子往往觉得他们所得到的一切，精神的，物质的，都是应该的。我有一次问一个孩子，你是否觉得自己是在甜水中泡大的？他的回答让我震惊：不，没觉得有谁爱我们。我循循善诱说，你看，妈妈工作那么忙，还要给你洗衣做饭，爸爸在外挣钱养家多不容易！孩子漠然地说，那算什么呀！谁让你们当了爸爸妈妈！一个不懂得爱的孩子，就像不会呼吸的鱼，他不爱人，也不自爱，必将焦渴而死。我认为，作为父母，如果你爱你的孩子，一定要让他从懂事的时候起，就开始爱你和周围的人。

男人是悲壮的动物，女人是希望的动物

晓云：你对男人怎么看，能不能谈谈你眼中的男人？

淑敏：我觉得男人应该有责任感，应该更为理智，更为坚定。我说的"更"不是比女性"更"，而是比现在"更"。许多男人总是强调他们作为决策者，作为丈夫，作为父亲的责任感，我认为女人的责任感要比男人强。我还希望男性能更多更好地表达他们的感情，也许是文化的训练或者社会角色的规定，限制了他们感情的表达，

比如什么"男儿有泪不轻弹"啊，等等。他们表达恨还比较充分；表达爱，表达温情，表达关切，在他们的某种潜意识里，似乎觉得那是一种软弱，是女人的专利。其实这是人类的共性，它让我们感到人性的可爱。试问，有多少人记得自己的父亲向自己很明确地表达过温情？

晓云：你觉得女人和男人的区别是什么？

淑敏：区别不在于生理而在于心理。男人和女人都做事业，男人是为了改造这个世界，女人是为了向这个世界证明自己。男人为了事业可以抛却生命和爱情，男人是悲壮的动物；女人为了事业，力求生命和爱情两全。她们总相信在生命的最后一分钟会出现奇迹，她们崇尚生命，在她们的潜意识里，自己曾制造过生命，还有什么制造不出来呢？女人是希望的动物。

晓云：你认为女性成熟美是怎样的一种美？

淑敏：成熟美不单是一种外表的东西，它应该有一种内在的张力。它经得起推敲，经得起咀嚼，不是浮光掠影的、浅层的、很快被人解码的那种美；而是含蓄的、耐得住思索的、有力量的美。

谈怕：
不怕才是人生的大境界

"**怕**"好像历来是个贬义词。怕什么？别怕！天不要怕，地不要怕……好像不怕才是人生的大境界。

其实人的一生总要怕点儿什么，这就是中国古代说的"相克"。金木水火土，都是有所怕的东西。要是不相克，也就没有了相生，宇宙不就乱了套？

人小的时候，怕父母。俗话说衣食父母，我的理解就是衣食来自父母。要是父母火了，不给你吃，不给你穿，你就丧失了基本的生存条件，饥寒交迫地活不下去了，还谈什么别的？所以父母叫你上学你就得上学，叫你成绩好你就得努力。要是一个人从小对疼爱他的父母没有畏惧之心（不是害怕他们本人，而是怕惹他们生气），没有讨他们欢喜之心，那这个人长大了，多半要成为不法之徒。

渐渐大起来，就怕老师，怕上级，怕官怕权……总之是怕比自己更有力量的人。我想这不单是一种懦弱，而是弱小动物生存的本能。想我们人类的祖先，不过是些猴子，虽说脑子还算得上机敏，体力实属一般。在漫长的动物排行榜上，只能列在中档靠下的位置。假若什么都不怕，早就被老虎狮子大蟒蛇饕餮了。所以"怕"是一种集体无意识，怕是正常的，不怕却是需要锻炼的事。

怕是一件有理的事，每个人都生活在立体空间，上下左右都有掣肘。人上有人，天外有天，总有东西笼罩在你的脑瓜顶。你可以完全不考虑下情，也可以咬着牙不理睬左邻右舍，但你得"惧上"，否则你的位置就保不住了。所以那个无所不在、无所不能的领袖叫作"上帝"。

人须怕法，那是众人行事的准则。人还须怕天，那是自然界运行的规律。怕是一个大的框架，在这个范畴里，我们可以自由活动。假如突破了它的边缘，就成了无法无天之徒，那是人类的废品。

人有最终的一怕，就是死。因为死去的人都不曾回来告诉我们那边的情形，所以我们并不确切地知道死亡是怎样一回事，我们只是盲目地怕着，我们怕的实际是一种未知的状态。人们怕死，很大的一部分是怕痛。要说死其实一点儿也不痛，就像在沙滩上晒太阳，暖烘烘地就过去了，怕的人一定少得多。再有怕也是怕比的，假如你活得苦不堪言，所有的感官都用来感受痛苦，在怕活和怕死之间，自然也两怕相权取其轻了。因此那极怕死之人，多是很富贵很安逸很猖獗很凌驾一切的显赫。不信你看历代的皇帝，都孜孜不倦地追寻长生不老的仙丹。

女人还有一怕，就是怕老。所以各色美容护肤的佳品层出不穷，种种秘不传人的方子被奉若神明。这一怕的核心是怕时间。世上有许多东西是可以对抗的，唯有时间你不可战胜。可怜女人的这个与生俱来的恐惧，注定无法消除。没有哪一种胭脂可以涂抹时间，女人只好永远地怕下去，除非你不在意衰老。

怕虽有理，却并非总是有利。怕的直接决策是躲，但躲不过的时候，就只有迎头而上。古人们所有教诲我们不要怕的语录，就发生在这一时刻。民不畏死，何以惧之？将对最大的未知的恐惧置之度外，所有已知的苦难都不在话下，这个人的战斗力实不可低估。

但不怕死的人，也仍有一怕，那就是怕自己。死和你作对，只有一次。自己要和你作对，会有无数次的机会。胜利的时候，它会让你骄傲。失败的时候，它诱你气馁。贫困的时候，它指使你堕落。饱暖的时候，它敦促你放荡……自己的实质是欲望。欲望使我们勇敢，欲望也使我们迷失。

人生的发展，一是因为爱好，一是因为惧怕。前者，比如音乐，它并没有更实际的用途，而只是使我们愉悦。那些更实用的发明创造，基本上缘于"怕"。因为害怕冷，人们发明了衣服、房屋、火炉；因为害怕热，人们发明了扇子、草帽、空调器；因为害怕走路，人们发明了汽车、火车、飞机；因为害怕病痛，人们发明了中药、西药、X光、B超；因为害怕地球的孤独，人们向茫茫宇宙进行探索；因为害怕自身的衰退，人们不断高扬精神的旗帜……害怕实在是人类文明进步的助产婆。今后谁知道因为害怕，人类还将诞育多少温馨的婴儿，人类还将补充多少伟大的发明！

我们每个人的心里，都有一个害怕的场。这个场，不要太大，那会使我们畏畏葸葸，就太委屈了自己的岁月。这个场，也不可太小，太小了就容易处在边缘，演出不该上演的节目。它需不大也不小，够我们驰骋如烟地想象，够我们度过无悔的人生。▌

柳枝骨折：
斧刃最难劈人的，
恰是当年折断愈合的地方

学医时，教授拿一根柳枝进教室。嫩绿的枝条上，萌着鹅黄的叶，好似凤眼初醒的样子。严谨的先生"啪"地折断了柳枝，断茬锐利，只留青皮褴褛地连缀着，溅出一堂苦苦的气息。教授说，今天我们讲人体的"柳枝骨折"。说的是此刻骨虽断，却还和整体有着千丝万缕的联系。医生的职责，就是把断骨接起来，需要格外的冷静，格外的耐心。

多年后，偶到大兴安岭。苍莽林海中，老猎人告诉我，如果迷了路，就去找柳树。

我问为什么？他说，春天柳树最先绿，秋天它最后黄。有柳的地方必有活水，水往山外流，你跟着它，就会找到回家的路。

一位女友向我哭诉她的不幸，说家本该纯洁，家本该祥和。而眼前这一切都濒临崩塌，她想快刀斩乱麻，可孩子小……

我知她对家并非恩断义绝，就讲起了柳枝骨折。植物都可凭着生命的本能，愈合惨痛的伤口，我们也可更顽强更细致地尝试修整家的破损。

女友迟疑说，现代的东西，不破都要扔，连筷子都变成一次性的……何况当初海誓山盟如今千疮百孔的家！

我说，家是活的，会得病也会康复。既然高超的仪器会失灵，凌飞的火箭会爆炸，精密的计算机会染病毒，蔚蓝的天空会厄尔尼诺，婚姻当然也可骨折。

一对男女走入婚姻的时候，就是共同种下了一棵柳树，期待绿荫如盖。他们携手造了一件独一无二的产品——他们的家。需承诺为其保修，期限是整整一生。

柳树生虫。当家遭遇危机的时候，修补是比丢弃更繁琐艰巨的工程。有多少痛苦中的人们嫌烦了，索性扔下断了的柳枝，另筑新巢。这当然也是一种选择，如同伤臂截肢。但如果这家中还有孩子，那就如同缕缕连缀的青色柳丝，还需三思而后行！

女友听了我的话，半信半疑道，缝缝补补恢复起来的家，还能牢靠吗？

我说，当年的课堂上，我们也曾问过教授，柳枝骨折长好后，当再次遭受重大压力和撞击的时候，会不会在原位爆开，鲜血横流？

　　教授微笑着回答，樵夫上山砍柴，都知道斧刃最难劈入的树瘤，恰是当年树木折断后愈合的地方。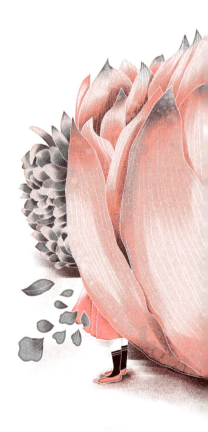

因为柔软，所以更需要智慧：
平等不是等出来的，是自己做出来的

不论男性还是女性，每个人都有一个发现自己、认识自己的过程，它伴随着一个人成长的全过程，也随着每个人的成长而深化。我读心理学，就是想更好地了解人、了解自己。我觉得人如果能把自己搞明白是件很有意思很好玩儿的事。作为女性，更要了解自己，发现自己。通常人说"人贵有自知之明"，都是说要明白自己的不足之处。而我认为，女性不光要了解自己的缺点，更要了解自己的优点、自己的特点，这才真的"珍贵"。

我做过医生，对女性的生理比较了解。男女生理上最大的不同是生殖系统的不同，但这种不同并不从根本上决定性别的优劣、强弱。我觉得男女的差异主要体现在社会性别上。我在西藏当兵的时候，我们司令员曾特别惋惜地对我说："你要是个男的就好了。"我问为什么，他说："你挺能干的，我想提你当参谋，以后还可以当参谋长。可惜你是个女的，这就没有一点儿办法了。"这是我长大成人后第一次鲜明地意识到男女性别上的不平等。现实中，女性在权利、义务、文化、尊严等方面与男性是有很大距离的，女性在社会上的声音总是很微弱，这是和人类社会的发展过程息息相关的。古时候人们要打仗，丈二的长矛女的就是拎不动。而现在，坐在电脑前，男女都一样，而且女的输入得可能还更快。人类的科技进步，为推动男女平等提供了基础，男女因为生理原因导致的不平等是可以渐渐被淡化的。

我发现我们女性和男性的差异，主要是由于文化上的原因造成的。比如，严父慈母大家都觉得很正常，但如果一个家里是严母慈父，大家会觉得有点儿例外。其实慈、慈悲，是男女共有的品性，不是女人的专利。

我曾看过一位作家写的文章，说更年期本是人一个正常的生理过程，但人们说起时会认为它包含一种贬义。这里头就有非常多的文化因素。在大学听我作报告的女学生特别多，从她们的眼神中我知道她们在思考，可到自由提问的时候，通常第一个站起来的总是男生。

从我们的文化上讲，一个女孩子总要先看看别人讲什么，这么站起来会不会冒失啊，又担心自己的问题会不会太幼稚啦，实际上是一种文化在压迫着她。从某种程度上说，这是女性的"自动放弃"。人是生而平等的啊！平等不是等出来的，是自己做出来的。这种"文化上的压迫"存于心间，即使平等已经到来了，女性自己心里还觉得不平等，那么这种平等就不能真正地到来。

女性要学会思考，真正成熟起来。女性心理成熟和自身的阅历在一定程度上相关，而这种阅历只是一种成熟的土壤，成熟则需要智慧。比如一个女人经历了失败的婚姻，上一次她找了一个比自己强的失败了，这次就去找一个差的，最后她可能结了四次婚，还是失败了。阅历没有上升成为智慧，没有思考，失败可能还会重复，而并不能使她真正地成熟。

我常常看到鸟儿一根一根地叼来树枝，千辛万苦也要给自己搭一个窝，我想，它们也是需要一个家，需要一种安全感的。人也一样，只是女性在体力上没法跟男性比，所以才对安全感要求更高。她们更需要男性的责任感，更需要关怀和呵护，这种需要是正当的。外在的柔软并不意味着女性就是弱者。在面对困境和生命挑战时，男女采取的方式可能不同，但克服困难的本质是一样的。女性凭借自己内在的力量能够赋予自身生命的意义、人格的尊严。她们在挑战自我的程度上，在承担社会责任的能力上，是和男性相同的。

女性对自身的了解和认识，包括她对自身生命意义的认识。女性到底是为谁活着？很多女人视孩子和丈夫超过自己的生命，以他们为自己生存的意义而忽略了自己。丈夫、孩子无疑是值得女人为之付出的，但并不是女人的自身或全部。我们说世界上没有相同的两片树叶，生命属于女人自己，女人应该为自己活着。不少女人在失去丈夫时觉得自己没法活下去了，在孩子不在身边后突然觉得生活空空荡荡没了着落。漫长的岁月里她们总是在等，等孩子的长大，等丈夫的闲暇，当这些都等到时，才发现自己已经衰老，已经远离了自己原本想干的事。每个人应该对自己负责，女性如果把自己生存的意义完全寄寓于对方，寄寓于别人对自己负责，这对男人也是不公平的。

女人因为柔软，所以更需要智慧。情感充沛是女人天性的特点，但不应该是女人的弱点。情感是好东西，女人怎么能没有情感呢？只是女人在付出情感时需要判断对方的真假，付出情感后还要保持与男人发展的同步。当然，这种同步不一定是事业上的，而是精神上的同步，精神上的成熟。女人在工作、家庭中的角色本身也是在发展变化中的。一劳永逸是不行的，坐等十年智慧也是等不来的。智慧不是来自于外界，而是女人自身的修炼，内在的积累。智慧的女人给人的感觉会是宁静的、平和的。

如果我有一个女儿（我有一个很会自己拿主意的儿子），我不预期她将来干什么，我会让她自己去经历成长，我希望她去读更多的书，希望她在智慧上比我更胜一筹。我相信读书会开启女性自身的智慧。相比之下，我觉得"春蕾计划"更是难能可贵的。平等的受教育的机会对女性是非常重要的。

从女性的特点来说，女性敏感细腻，更容易感受幸福。幸福对每个人的定义是不确定的。我在感到自己有力量的时候，有一种幸福的感觉。这种"有力量"不是指别的，而是我能感知美好的东西，我有能力决定自己的生活。

由从医到写作，是因为写作让我觉得愉快，让我了解人，了解自己，发现自己。我没有理由去做让自己不愉快的事。生命有不可预见性，生活多么新奇，能让我不断地向前走，不断地进步，我感到很高兴。我想，所有的女性都一样，如果能真正地了解自己，能有智慧，做自己能做好的事，那么，幸福就在不远处。▮

男妇产科医生：
当身体不再神秘以后，
幸福存在何方

他坐在我对面，十分庄重。他是一位男妇产科医生，在这个岗位上已经度过了三十多个春秋，从翩翩少年到德高望重的医学权威。全中国大约有九万名妇产科医生，其中男医生不到10%。也就是说，在我们广阔的国土上，只有几千名男妇产科医生在这一特殊领域，专心致志地为女性工作着。也许比搞原子弹和航天飞机的人还少吧？我只能用庄重这个词形容他，虽然我刚开始想用"慈祥"或是"温和"。不，慈祥太衰迈乏力了，而他不但叫人感觉到无惧、可亲，还有一种很内敛的力量蕴含其中，预备着在危难中给你以期望和能够兑现的光明。至于"温和"，他毫无疑问是和蔼的，但

"温和"似乎太单纯平淡了一些，面对这样一位深谙生死和女性秘密的科学家，你断定自己将得到哲学和生命的启迪。对话，我的问题时有冷僻和挑战，但他始终是从容不迫和安详的。于是我想，在鲜血淋漓的手术台上，面对泛滥的癌肿，他一定也这般神闲气定。

问：作为一名男性，您为什么挑中了妇产科？好奇还是组织决定？

答：那时我是刚刚毕业的大学生，当实习医生。当征求去向的时候，我填写了外科和妇产科。我比较喜欢外科的手起刀落，更爽快和当机立断，有间不容发治病救人的成就感。我在国外研究的时候，看到过麦多先生的一句话："有两种男人做了妇产科医生。一种是对妇女有一种特殊的敏感和关心的人。而另一种则是十分谨慎的人。因为要判断病人是很困难的。换言之，他们处理的每个病例和操作，都不会发生在他们自身。当他帮助病人度过分娩阵痛、卵巢癌、乳癌的时候，他可能存在一定的隔距，因为他知道，他是绝不会蹈此覆辙的。"我想我是属于非常谨慎的那一类人。但我并不认为医生治病的经验仅仅来自感受。你没有得艾滋病，但你要摸索出治疗它的方法。要是只有得过很多病的人才可以当医生，那么医生早就死光了。

问：随着社会的进步，越来越多的女人要求在手术时，保留她们的子宫。您怎么看？

答：以前的病人很惧怕医生，基本上是医生说什么，她们就服从。但是现在不一样了，病人常常提出她们特别的想法。子宫是一个很不平凡的器官，它既关乎本人的机体，也关乎后代。有没有孩子这件事，会影响女人、男人，甚至上下几代人，娘家、婆家……所以这是一个很慎重的问题。我认为，医生不是修理机器的管道工，面对的不仅仅是一个生了病的器官，而是一个完整的、有血有肉、和周围有着千丝万缕联系的活生生的人……摘不摘除子宫，我主要是依据病情，综合家庭、生育情况、年龄等等因素。昨天一个病人强烈要求保留子宫，对我说要是切掉了子宫，她就得崩溃……我说，你留下它，就是在身体里埋了一颗定时炸弹。作为医生，我无法答应这种请求。但是你可以到其他医院再看看，听听别的医生建议。我的实际意思是——如果你要坚持保留，可以另请高明。因为这也关系到我作为一个医生的原则问题。但话不能那样说，不委婉，对病人太刺激了。当医生的，也应该是语言大师。后来她思索再三，还是接受切除子宫的手术。我不是一个手术狂。切除是破坏，当可以避免或是能缩小它的危害时，我必尽力而为。曾经为一个病人在子宫里切除了二百多个肌瘤，剔出那些大大小小的颗粒，当然比一揽子切除子宫费时费力。操作很麻烦，像在一团海绵状的橡胶里抠除豌豆。这个项目的世界纪录，由英国医生保持着，从子宫里一下切除了三百多个肌瘤，我们还不曾打破它。

问：在医院，谁是中心？病人还是医生？或者护士？

答：现在提倡在医院里，病人是中心。我以为这是一种奇怪的说法。据说医务人员态度不好，可以到消协投诉。这很可笑。医生不能等同于饭店服务员、汽车售票员。他所提供的服务，不是普通的商品，而是一种极为特殊的、和鲜血生命联系在一起的宝贵物质。我在报纸上看到，有的医院开始手术明码标价，这非常可笑。手术是千变万化的，在手术前怎么可能完全预计到呢？医生作为一个行业，是十分崇高的。当然这并不是看不起普通劳动者。以前那个卖糖的张秉贵老人活着的时候，我常到他的柜台前站着，并不买糖，只是远远地看他举手投足。微笑着向顾客问好，优美地一抄手，把顾客要的糖，一块不多一块不少地抓到秤盘里。那种严丝合缝劲儿，叫你涌出许多感慨。精致地包扎，微笑着送给你……动作的连贯流畅，叫你感悟工作是一种享受，敬业的美丽和庄严。

问：当您在台上做手术的时候，是什么感觉？

答：我渴望手术。那种充满血腥和药气的氛围，极端安静。没有电话、聊天、无关的话题。没有敲门声。不会有人无端地闯进来，用莫名其妙的事干扰你。你全神贯注，被一种神圣感涨满，很纯净，没有丝毫犹疑，就是全力以赴地救治手术单下覆盖着的这条生命。主刀的时候，妙不可言。所有的人以你为核心，完全服从你的指挥，没有讨论和敷衍，不扯皮。你甚至是很武断的，像至高无上的船长，其余的人，只是水兵。遇到危险，你必须当机立断，操纵着潜艇，在血泊里航行，威武豪迈，有一种"得气"的感觉。我觉得给医生送红包，医生就好好手术，反之，就不负责任的说法，很难想象，在技术上几乎不成立，因为无法操作。别的行业可能会有一个尺寸，一个波动的范围。给了钱，我就尽心尽意给你办，不给钱，就拖着不办。医生只要一上了手术台，是没有选择的。起码在技术上无法掌握这个幅度。不可能故意不给病人好好做手术，给他点儿厉害瞧瞧，恰到好处地增添某种痛苦，并不危及他的生命……不，手术远无法那么精确地控制，吉凶未卜，台上什么事都可能发生。

问：对于毫无背景的病人，您能否一视同仁？

答：你说的是关系户吧？在我们的登记卡片上，有一行小小的注释，标明这个病人是某某介绍来的，那个是谁谁的门路。我有的时候很奇怪，怎么几乎所有住院的病人，都能通过各种关系找到内部的人呢？例外也是有的，有时我会在卡片上看到一位老太太，名字下有一片空白，就是说，没有任何人打过招呼，完全是因为病情笃重，自己住进来的。我就说，现在我同你们打招呼，她没有关系，我给她一个关系——就是我。请特别关照。当然，我也碰到过给首长的夫人做手术，被人反复叮嘱的时候。我只能回答说我会特别当心，不要出什么技术事故。我能做到的就是这些。

问：您当了这么多年的医生，经历了无数的生死。对人生怎么看？

答：我是一个宿命论者。几乎是生死由命的响应者。死和病，都不是可以预防、可以选择的。有的时候，一切人力都无效，生命自有它的轨道。我经常写一些科普著作，当然我在书里不会这样说。我会告诫大家减肥，不要养成某些不良习惯，比如酗酒抽烟等等。但我自己从来不吃什么补品，病人送给我的补品，因为自己不喜欢补，所以也不愿用它送人，时间长了，就生出蚂蚁。我也没有特殊的保健措施，不抽烟，是因为不喜欢那气味。如果接受那味，也许会抽的。我喜欢紧张的活动，白天很忙，几乎没有思索的工夫。我的格言是——紧张有力量。晚上下班回家的路上，是我一天最惬意的时候，骑一辆26型女车，气不足……

问：您提到病人送礼品，您是否经常需要病人的感激？当然我指的不是纯物质上的。

答：我通常不接受病人的礼品，但不绝对。比如一个病人出院几个月后，请我吃一顿便饭，我会接受。从医这么多年，从病人的一个眼神，一个动作，能看出他是否真心诚意感谢你。医生的劳动需要别人的承认和肯定，需要病人由衷的感激。我不喜欢那些表层的感谢之词，哪怕是很贵重的礼物，如果里面没有蕴含真挚的情感，我也不看重。医生在高强度的生死搏斗中，和病人是战友，他需要病人对花费在他身上的心血和劳动予以理解和敬重。

问：如果有来世，您还会再做医生吗？

答：会。我的两个孩子都不做医生，他们说，不要说自己干，就是从小到大，看着你这般辛苦，看也看得累了。医生每天看到的是痛苦和呻吟，听到的是烦人的哭诉，承担的是责任和压力，医生的工作是很枯燥的。但我会继续做医生，我从这个行业里，学到了很多哲学，懂得了如何尊重人。科学家也许更多地诉诸理智，艺术家也许更多地倾注感情，医生则必须把冷静的理智和热烈的感情寄予一身。

问：我想提一个比较敏感的问题，做妇产科医生，接触的是女性特殊部位。作为男性，是否经受特别的考验？

答：这个问题还从未有人问过我。在生活中，我是一个和常人一样的男子。当我穿上白衣，就进入了特殊的角色。我是一名医生，我会忘记我的性别，或者说，我成了中性人。白衣有效地屏蔽了世俗的观念，使我专心致志地面对病人。白衣对我有象征的意义，是一身进入工作状态的盔甲。当然，还有一些特别需要注意的规矩，比如，为病人检查的时候，必须有其他女医务人员在场。从来不同病人开玩笑，哪怕彼此再熟，也要矜持把握。对于女性的生殖系统，当我工作的时候，只把它看作是一个器官，仅此而已。这对一个敬业的、训练有素的医生来说，不是很困难的事。就像一个口腔科医生，让女病人张开嘴，想看的只是她的牙齿，而不是要和她接吻。这些年来，我看过无数的病人，年轻的年老的，好看的丑陋的，妙龄少女或是白发苍苍的老媪……在我眼里，她们都是一样的，都是我的病人。

问：妇产科的男医生，会不会碰到障碍？

答：有些女病人不愿找男医生，这在我年轻的时候，感觉比较明显。现在年纪大了，在大城市里，不成为很大的问题了。我刚当医生的时候，战战兢兢，因为没有经验。但病人把希望寄托在医生身上，使人压力很大。你比她年纪小，初出茅庐，但她依旧毫不犹豫地把你当成上帝。病人把年轻的医生当成长者，把平庸的医生当成圣人。后来有几年，有了一些经验，胆子大一些了。但医生当得年头多了，又战战兢兢起来，感到生命脆弱，责任重大，医生被赋予上帝的角色，但我知道自己不是。好像一个怪圈，又回到了原地。

问：最后有一个纯属私人的问题，请教于您。我有一位关系密切的女友，各方面条件都很好，大龄未婚。有人给她介绍了一个男友，也是处处优异，工作为妇产科医生。她无法接受，理由是他对女人懂得太多了，没有神秘，就没有幸福。我觉得这有些先入为主，劝她，她说，你又不是那种男医生，你如何知道他们的心？

答：幸福和神秘画等号吗？什么东西最神秘？是肉体吗？我以为最神秘的是人的思想，身体没有什么可神秘的。女人只靠身体的神秘吸引男人吗？当身体不再神秘以后，幸福存在何方？人的感情是最神秘的，有感情才有幸福。▌

幸福的镜片：
放大欢乐，缩小痛苦，
是家庭幸福的秘密

现今家庭，有些简直成了情绪火葬场。一位女友说，先生在外面笑眯眯，人都赞脾气好，可回到家里，满脸晦气，令人沮丧。女友恼火地抗议，你不要金玉其外，轮到自家人时，却像八大山人笔下的鱼鹰，白眼球多，黑眼球少。先生立即反驳道，人又不是仪器，不可能总调整在最佳状态。发愁的时候，懊恼的时候，垂头丧气的时候，你让我到哪里撒火？和领导吵吗？不敢抗上。和同事争吗？来日方长，得罪不起。在公共车上和不相干的人口角吗？人家招你惹你了？那岂不是伤及无辜。女友说，我是你亲人，却经常看你黑脸，你这不是残害忠良吗？先生说，家是最隐蔽最放松的场所，一个人若是在家里都不能扒下面具，赤裸裸做人，那才是大悲哀。我阴沉着脸，并非对你恶意，只是情绪病了。你装聋作哑好了，不必同我一般见识。有什么不中听的话，并非针对你，只是宣泄独自的郁闷。如果你爱我，就请原谅我的种种真实……

女友困惑地说，人怎么能把家庭当作消化情绪的垃圾场？这样下去，谈何幸福！

我倒以为幸福的家庭，不妨成为回收情绪垃圾的炼炉。将成员的种种不快以至愤慨忧愁苦恼悲凉……都虚怀若谷地包容下来，然后紧闭炉门，不再泄漏。让那炉中真火慢慢熬炼，直到怨气焚化成白色无害的灰烬，随风飘逝，不见踪影。

这事说起来简便，实施的时候，却极易失控。人在家居，心不设防，就像没打过麻疹疫苗的小儿，对情绪缺少抵抗力。一旦心境恶劣，极易传染他人。又因至爱亲朋，血脉相通，结果一人发火，污染全体，大家受难。很多原本是外界的小风波，最后演成家庭的全武行。

好的家庭要有丝网般的滤过功能。快乐的幸福的消息，如高屋建瓴，肥水快流，多拉快跑，让佳音火速进入所有成员的耳鼓。忧郁的不幸的消息，只要不关急务，便遮掩它，蹒跚它，让时间冲刷它的苦涩，让风霜漂白它怵目惊心的严酷。

好的家庭是会变形的镜片，能发生奇妙的折射。凸透使事物变大，凹透让东西变小。如果是愉快的源泉，哪怕只是夫妻间的一个手势，孩子捧出的一杯清水，远方朋友的一个问候，陌生人的一个祝福……都应透过放大镜，使它纤毫毕现，华光四射。让一朵杜鹃，蔓延出一片火红的山谷；让一个口哨，轰响成一部辉煌的乐章；从一片面包，憧憬出今后日子的和美丰足；携一缕春风，扩展成融融暖意，铺满整个家庭空间。

如果是苦难和灾异，比如亲朋远逝，祸起萧墙，泰山压顶，骤雨狂风……降临的种种天灾人祸，经历家庭镜片的折射，都应竭力缩小它的规模——淡化压力的强度，软化尖锐的硬度，衰减振荡的烈度，压缩波及的范围，控制哀痛的伤害，截短作用的时间……让家人在家的庇护下，惊魂甫定，休养生息，疗治创口，积聚新力，重新敛起生活的勇气。

这是否是鸵鸟的战术，一厢情愿？我想明晰的镜片和浑黄的沙砾有原则区别。无论喜讯还是噩耗，通过家庭镜片的折射，它们未曾消失，依然健在，改变的只是外界事物作用于我们的感觉。

放大欢乐，缩小痛苦，这就是幸福家庭的奇妙镜片功能。

家中的气节：
爱是我们共同的气节

我想说，家中无气节。这话，肯定不堪一击。中国人饿死事小，失节事大，哪里敢辱没气节的丰姿呢？但我指的只是家中的琐碎，不过借用一下此词的英名。

世上举案齐眉的家庭一定是有的，不能以我等瓢勺相碰的日子揣测人家的和睦是否虚伪，但也一定不多，因为矛盾的普遍性制约着我们。

大多数家庭都时常爆发争执，像界碑不清的小国边境冲突不断。要是演变成正式宣战，干脆离婚了，则不在讨论范畴之内。那些历经苦恋苦爱而今又处在争执不断的冷战状态的家庭，似有讨论气节的余地。

有多少原则问题呢？真正的国计民生，大概并不构成分歧的核心。甚至对家庭的大政方针，比如孩子要上大学，父母要延年益寿，工作要努力，住房要增加……双方也是高度和谐统一的。问题往往出在一些很小的分工或是态度的优劣上，比如你是做饭还是洗衣？你为什么不和颜悦色而是颐指气使……有时，简直就不知是为了什么，双方把外界的怒气直接打包带回家，单刀直入地进入了对峙阶段，除了不扔原子弹，家庭阴冷的气氛同大战无异。

为了对付这种莫名其妙的僵持，时新杂志上登出了许多驭夫或是驭妻的"诀窍"，教你如何化干戈为玉帛。这些供人莞尔一笑的小诀窍，不知灵不灵。我看这其中的死结就是如何对待家中的气节。

家是什么呢？是一对男女的永不毕业的大学，是适宜孩子居住的圣殿；是灵魂的广阔海滩，是精神的太阳浴场。我们在尘世奔波中的种种面膜，需在家中清洗复原。人们以为家中的人多么温柔和蔼，真是错了。在涡轮般旋转的今天，家居的人也许比街市的人更脆弱，更敏感，更易冲动。

常常听到因小事争吵的女人说要从此不理丈夫，等他来同我说第一句话。男人就更是不肯低下高昂的头，好像家是宁死不屈的刑场。

冷漠后恢复交谈的第一句话真是那么重要吗，重于我们曾经有过的一生一世的寻找？第二句话真就那么卑下吗，卑下到丧失了品格和尊严？第三句话真就那么平淡了吗，淡忘它如同抛弃我们以前拥有过的万语千言？

　　什么是家中的气节？既然我们相爱，爱就是我们共同的气节。你的失态，在我看来，是你的思绪溃败了；在这一瞬间，我是你的强者。原谅、宽恕、包容和鼓励，就是家庭永远长青的气节。

　　有些人以沉默对待冷漠，消极地把缰绳交给时间。时间通常是一个中性的调解员，会使人们渐渐恢复冷静。但孤寂中只顾自家意气的男女不要忘了，时间也会跟我们开居心叵测的玩笑呢。当你缄默着不肯谅解时，家的瓶颈便出现第一道裂纹。继续对抗下去，锤子无聊地敲击着婚姻之瓶，随着时间的叠加，瓶子也许轰然破碎。

　　太看重一己气节的人，其实是一种枯燥的自卑。你以为在亲人面前挣得了面子，然而失去的却是尊重与宽容。片刻的满足带来长久的隐患。聪明的男人和女人，千万别因小失大。

　　分歧时，不必拍案而起。争执起，义正辞可不严。有失误，莫要声色俱厉。灾临头，携手共赴家难。如果一定要有家中气节，我想这几条该在其中。■

科学与幸福不成正比：
幸福是不会嫌贫爱富的

我不认为幸福与科学有什么成比例的关系。也就是说，它们分属于两个系统：一个是情感的范畴，属于精神的领域；一个是物质的范畴，属于无生命的领域（这样划分不严谨，对生命科学有点不敬，请原谅。我说的生命指的是变幻万千的活体感觉）。在科学产生之前很久，幸福就存在于我们的感知之中。后来科学出现了，但幸福感并没有出现相应的增长，它们是两股道上跑的车，虽然有的时候，轨道会发生小小的交叉。

我相信在原始人那里，远在科学的胚胎还裹于子夜的黑暗褓褓之中，幸福就顽强地莅临刀耕火种的山洞。证据之一就是那个时候的人，快乐地唱歌和跳舞，还创造出玄妙的神话和精美的文字。你不能说在通红的篝火旁手舞足蹈的那些裸人，不知道什么是幸福。如果谁硬要这么说，以为只有现代人方知晓和能够享受幸福，因而看不起我们的祖先，那倘若不是出于无知，就是赤裸的现代沙文主义。

在某种物质十分匮乏的时候，当它一旦出现，可能会在短暂的时间内帮助引发幸福的感觉。比如，一名男子十分思念热恋中的女友，如果在古代，他只有骑上一匹马，在草原上驰骋三天三夜，才能一睹女友的芳颜，当他看到女友眸子的那一瞬，我相信荡漾在他内心的感觉，就是幸福。如今，当同样的思念袭来的时候，他可以买上一张机票，两个小时之后就平安到达上海，当看到女友眸子的那一瞬，我相信他的幸福感同样强烈和震撼。

我们可以简单地说，飞机是和科学有重要关联的物件。因此，好像科学帮助了幸福。但接下来的问题是，这种幸福感是来源于马匹还是飞机？抑或是草原上的风还是空中的白云？我想，可能众说纷纭。即便问当事人，也会有不同的答案。有人会说，幸福当然和马匹、飞机有关了。如果没有马匹和飞机，这对相爱的恋人如何聚到一起？从马匹到飞机，这就是科技的进步和力量，使幸福的感觉提前出现，并变得比以前要省事容易。

我不同意这种意见。理由很简单，马匹和飞机只是这个人通往幸福的工具，而非幸福的理由和必然。在那架飞机上有很多乘客，有的人是例行公事，有的人还可能是奔丧。幸福和飞机的翅膀无关，只和当事人的心情有关。幸福是一种心灵深层的感觉，在最初的温饱和生殖的快感解决之后，它主要来源于人的精神体系的满足。

我知道我的观点可能会遭到很多人的质疑。比如有人会说，当你患病的时候，突然有了特效的药品，难道你和你的亲人不会浮现出幸福的感觉吗？这死里逃生的光芒难道不是直接来源于科学的太阳吗？

我当过很多年的医生，我知道科技的进步对生命的延续是怎样的重要和宝贵。但生命延续本身，并不一定能达到幸福的彼岸。生命只是幸福感得以附丽的温床，生命本身是一个中性的存在，它是既可以涂写痛苦也可泼洒快乐的一幅白绢。当病人和他的家属为某种特效药喜极而泣的时候，那种幸福的感觉主要源自骨肉间的深情。如果没有这种生死相依的情感，任何药物都无法发动快乐和幸福的过山车。

科学使粮食的产量增高，但这个世界上依然有吃不饱的穷人。既然引发贫困的源头不是科学，那么由贫穷所导致的痛苦，也不是科学的创可贴所能抚平。科学使交通工具的速度更快，人们可以更迅捷地从甲地到乙地。但时间的缩短和幸福的产出，并不呈正相关。君不见朝夕相处近在咫尺的夫妻，往往并不充溢幸福，而是满怀深仇？科学使人类升上太空，得以了解遥远的宇宙发生的变化。但我看到一位宇航员的回忆录说，他在太空中最深刻的想念是回到地球。科学发现了原子能巨大的力量，但核武器的堆积，把人类推到了亘古未有的悬祸之中。科学延长了老年人的生命，但如果没有亲情的滋润和生存的尊严，这份延长的时间便与幸福毫不相干。

科学提供了产生幸福的新的机遇，但科学并不导致幸福的必然出现。我看到国外的一份心理学家的报告，在地球卖唱为生的流浪者和千万富翁对于幸福的感知频率与强度，几乎是一样的。当一个人晚饭没有着落的时候，一个好心人给的汉堡就能给他带来幸福的感觉。但千万富翁丧失了得到这份幸福的缘分。幸福是不嫌贫爱富的，我们至今没有办法确知某一种情况将必然导致幸福。同样，也无法确认某一种情况将必然导致不幸。

妈妈看到婴儿的出生，想来是天下的大幸福。但对于一个未婚母亲或是遭夫遗弃的妻子来说，这幸福的强度可能要打折扣。生命消失之际按说和幸福不搭界，但我确实听到过一个人在他生命垂危之际，说他很幸福——这个人就是我的父亲。这是他所给予我的最宝贵的精神财富之一，令我知道即使是面对永恒的消失，人也可以满怀幸福地沉稳地走去。

想起杜甫一句诗："安得广厦千万间，大庇天下寒士俱欢颜。"在这里，欢颜是一个和幸福感有关的词。当人脸上浮现由衷的欢笑的时候，我们就有几分把握认为他是与幸福同步了。

在这里，欢颜和广厦联系紧密。那么，广厦何处来呢？建广厦肯定有科学的因素。这么多的房子，盖在哪里怎么盖，层高采光通风抗震……都要科学的参与，少了一样寒士们就笑不出来。所以科学对于欢颜是很重要。但我还坚持认为，有一些因素是在科学之前就抢先出现并需要妥善解决的。比如规划的因素，谁来决定此地可以为寒士们盖楼？还有经济的因素，寒士楼的钱从哪里来呢，是财政拨款还是要买商品房？还要考虑分配的问题，国人的习惯是不患寡而患不均。大寒士和小寒士们是否住同等面积的房子，能否人人欢颜……凡此种种，如果解决不了，科学就没有用武之地。新建筑采用太阳能取暖还是无氟空调？这是一个问题，是一个科学的问题，但不是一个幸福的问题。

至于有了广厦，寒士们就一定能欢颜吗？杜甫老夫子挺乐观的。我看未必。住在新房子里吵架打闹以致上吊喝安眠药的，一定有。说到这儿，离科学就有些远了，而是和人性有了更多的链接。科学要发展，人性要完善，幸福和不幸永在。

无形容颜：
有形的脸可存不完美，
无形的脸必得常修炼

除了蒙面匪，我们向人时都有一副容颜，或姣或陋，此乃上天与父母合谋的奉送。它像一件不是自主选定的商品，无处退换，不论满意与否，都得义无反顾地佩戴下去，还需忍受它的褪色与破旧，直至与身俱灭。虽说整形与美容术，可使某些乏善可陈的相貌，得到部分修理订正，但从根本上讲，我们的脸，都是造化随机奉送的礼物，绝非不喜欢就可轻易扒下，再换一张新品的卡通画片。

然而事情又有些怪异，按说千人千面，绝不雷同，但每逢分手之后，我追忆熟悉的朋友或新结识的诸色人等，他们的脸往往如淋了雨的泥娃娃，五官模糊成团。心屏上浮起的只是一汪暗影，好像柏油路上水渍洇开的油迹，朦胧浮动，难以界定。淡去的眉眼缩略简化成某种符号——亲切或是寒冷的感觉，温馨或是漠然的情致，和谐或是嘈杂的音调。或许干脆涌出一片颜色：柔润的夕阳红，华贵的荸荠紫，神秘的宇航灰或污浊的狗尾巴黄。更多的时候，一提到某个名字，与之相关的那张具体的脸，仿佛突然被巨型消字灵涂掉，代之一股情绪的云雾，或愉悦或厌倦，弥漫心头。

早先以为自己有残，脑里专管录像的那一部分遭了虫蛀，成了破包袱皮，再也包裹不住有关相貌的记忆。后来年事渐长，与人交流，才知天下有这等恍惚毛病的人颇不少。方明白人的脸，乃是一个变数。

眼光直接注视的时候，对方的眉目自然是清晰的。可惜心灵的感光，基本上是一次成像不保存底片，加上懒散，有形的面容一旦撤离视野，记忆就清理屏幕，大而化之地分门别类，一一归档。人的有形容貌，无法恒久烙下记忆，卷宗收留的只是提炼过的印象。

世上资产，分为有形和无形。无形资产的定义，我以为是指超出物质的实际价值，由于你卓越的努力，在人们心目中形成的信任——简言之，它是你的名字进入他人耳鼓时，呼唤起的一种美好感情。

摈除其中的商业因素，对于人的容颜来说，或可借用这个概念。

脸后有脸。

上天赋予我们的——端正或歪斜的眉眼，粗糙或光滑的皮肤，颀长或愚笨的身材，完整或残缺的四肢……均是我们有形的容颜。每个人后天创造发展的性格品行能力，属于你的无形容颜。

无形脸有正负之分。一个人只有美丽的外表，却没有相应的内在质量，初次结识时秀丽外形所留下的愉悦印象，犹如沙上之塔，很快便会被残酷的现实潮水冲刷得千疮百孔。无形容颜的毁灭，像一场精神天花，人际关系一旦被传染，犹如多米诺骨牌轰然倒塌。从此提起你的时候，人们会遗憾甚或恼怒地说，那个人啊，金玉其外，败絮其中。

无形脸不会衰老。只要我们浇灌慧根，磨砺意志，拓展胸臆，它便会从幼年开始，如同花树一般渐渐生长。直至轮廓分明，明眸皓齿，青丝不老，慈眉善目……岁月流逝，沧海桑田，但在欢喜你亲近你的眼光中，你所留下的形象始终如一，引起的感觉永恒温暖。比如远行的双亲，纵是白发苍苍，在儿女们心中，依旧盛年音容，丰采卓然。

我们习惯以思为笔，在心灵之纸上勾勒众人容貌。它和古时衙门的"画影图形"不同，与真实的形象已无关联，只对真实的情感负责。无形容貌是想象和判断的产物，摒弃工笔，重在写意。它缥缈着，却比分毫不差的实照，具有更持久更猛烈的魅力。

无形脸可以美丽也可以丑陋，能怒火中烧也能垂头丧气，会神采奕奕也会惨淡无光。无形容颜的营造，也像一门古老的手艺，师傅领进门，修行在个人。如果你背信弃义，无形脸的画布上，就留下贼眉鼠眼的一笔。如果你阿谀奉承，画布上就面色萎黄。如果你恃强凌弱，画布上就口眼歪斜。如果你居心叵测，画布上就血盆大口。如果你聪慧机警，画布上就眉清目秀伶牙俐齿。如果你襟怀坦荡，画布上就有浩然正气流注天庭。

我们对有形的容颜可以心平气和，随遇而安。对无形的容颜却要惨淡经营，精益求精。有形的容颜可以有瑕疵而不堕青云之志，无形的容颜不能肮脏受伤而无动于衷。

有形的脸可存不完美，无形的脸必得常修炼。

珍惜每个人的无形脸，它是品德签发的通行证。凭着优雅忠诚的无形容颜，我们可以在萍水相逢的一瞬，遭遇千金难买的信任，转危为安。我们可以在旋转的大千世界，找到志同道合的朋友，共赴天涯。

致不美丽的女孩子：
人的长相，35 岁之前父母负责，
35 岁以后自己负责

有一天，我收到了一封读者来信，撕开之后，落下来一张照片。先看了照片，没什么特别的感觉，待看了信件之后，心脏的部位就有些酸胀的感觉。我赶快伏案，写了一封回信（是手写的，不是用电脑打出来的。我在回信这件事上，总是固执地坚持手工操作）。现在征得那位女孩子的同意，把她的信和我的回复一并登出来，但愿她的父母会看到。

阿姨：

您好！

我有一个痛彻心腑的问题。我的爸爸妈妈都长得很好看，简直就是美女和帅哥的超级组合（他们那个年代还没有这样时髦的词，好像用的是"秀丽"和"精干"这两个形容词）。

人们都以为他们会生出一个金童玉女来，可惜我就恰恰取了他们的缺点组合在一起了，长得一点儿也不漂亮。我从小就习惯了人们见到我时的惊讶——呦，这个小姑娘长得怎么一点儿也不像她的爸爸妈妈啊！最令人伤感的是，我爸爸妈妈也经常会这么说，同时面露极度的失望之色。为此，我非常难过，也不愿和他们在一起走。现在唯一的希望就是他们快快老起来，那时候，他们就不会太好看了，而我还年轻，是不是可以弥补一下先天的不足啊，您说呢？

寄上一张我的照片，但愿不会吓着您。

肖晓

肖晓：

你好！

我看到了你寄来的照片，情况不像你说的那样悲惨啊！相片上，你是一个很可爱很阳光的少女哦！也许你的父母真是美男子和美女的超级组合（遗憾你没有寄来一张合影，那样的话，我也可以养养盯着电脑太久而昏花的双眼了），在这样的父母笼罩之下，真是很容易生出自卑的感觉，此乃人之常情，你不必觉得是自己的过错。不过，如果你的父母也这样埋怨你，你尽可以据理力争。找一个至爱亲朋大聚会的场合，隆重地走到众人面前，一本正经地说，嗨，大家请注意，我是一件产品，内在的质量还是很好的，至于外表，那是把我制造出来的设计师的事，你们如果有意见，就找他们去提吧，或者把产品退回去要求返修，把外观再打磨一下。但愿当你说完这番话之后，大家就会面面相觑，微笑着不再说什么了。

人们总是非常愿意评价他人的长相，有时单凭长相就在第一时间做出若干判断。这也许是从远古时代就流传下来的一种近乎本能的习惯，那时候的人会凭借着长相，判断对方和自己是不是同属于一个部落和宗族，是不是有良好的营养和体力，甚至性情和脾气也能从面部皱纹的走向看出端倪来。现代人有了很多进步，但在以貌取人这方面，基本上还在沿用旧例，改变不大。

有一句流传很广的话是这样说的——人的长相这件事，在35岁之前是要父母负责的；但在35岁之后，就要自己负责了。我有时在公园看到面目慈祥很有定力的老女人，心中就会充满了感动。要怎样的风霜才能勾勒出这样的线条和风采。我们看到的不再是先天的美貌桑叶，它们已经被岁月之蚕噬咬得只剩下筋络，华贵属于天地的精华和不断蜕皮的修炼。

从相片上看你还很年轻，长相的公案，目前就推给你的父母吧。我希望你健康地长大，但中年以后的事，恐怕就要你自己负责了。如果你实在不想再听这些议论了，唯一的办法是找到一卷无边无际的胶带，牢牢地糊住他们的嘴巴。看到这里，我猜你会说，你开的这个方子好是好，可我现在到哪里去找那卷无边无际的胶带呢？就是找到了，我能不能买得起？这卷胶带在哪里，我也不知道。它是怎样的价钱，我也不知道。找找看吧，到网上搜索一番，请大家一齐帮忙找。如果实在是上穷碧落下黄泉也找不到，就只有最后一个法子，那就是让人们说去吧，你可以我行我素，依然快乐和努力地干自己想干的事。

带上灵魂去旅行：
一次绝佳的旅行是身体
与灵魂的高度协调一致

人的知识永远是不完备的。

他无法知道一个地区或是一个时代，是否就是空间和时间的全部。

在这个意义上讲，我们每个人都是井底之蛙，所不同的只是栖息的这口井的直径大小而已。每个人也都是可怜的夏虫，不可语冰。

于是，我们天生需要旅行。生为夏虫是我们的宿命，但不是我们的过错。

在夏虫短暂的生涯中，我们可以和命运做一个商量。尽可能地把这口井掘得口径大一些，把时间和地理的尺度拉得伸展一些。

就算最终不可能看到冰，夏虫也力所能及地面对无瑕的水和渐渐刺骨的秋风，想象一下冰的透明清澈与痛彻心肺的寒冬。

旅行，首先是一场体能的马拉松，你需要提前做很多准备。先说说身体方面。依我片面的经验，旅行的要紧物件有三个。

第一，当然是时间。

人们常常以为旅行最重要的前提是钱，于是就把攒钱当成旅行的先决条件。其实，没有钱或是只有少量的钱，也可以旅行。关于这一点，只要你耐心搜集，就会找到很多省钱的秘籍。如果把一个人比作一辆车，驱动我们前行的汽油，并不是金钱，而是时间。这个道理极其简单，你的时间消耗完了，你任何事都干不成了，还奢谈什么呢？或者说，那时的旅行只有一个方向，就是地心了。

第二桩物件，是放下忧愁。

忧愁是旅行的致命杀手，人无远虑，乃可出行。忧愁是有分量的，一两忧愁可以化作万朵秤砣，绊得你跌跌撞撞鼻青脸肿。

最常见的忧愁来自这样的思维：把这笔旅游的钱省下来可以买多少斤米多少缕菜，过多长时间丰衣足食的家常日子。将满足口腹之欲的时间当作计量单位，是曾经有用现在却不必坚守的习惯。

很多中国人一遇到新奇又需要破费的事儿，马上把它折算成米面开销，用粮食做万变不离其宗的度量衡。积谷防饥本是美德，可什么事都提到危及生命安全的高度来考虑，活着就成了负担。谁若一意孤行去旅行，就咒你将来基本的生存都要打折，食不果腹衣不蔽体流落街头……别怪我说得凄惶，如果你打算做一次比较破费的旅行，你一定会听到这一类的谆谆告诫。迅即地把诸事折合成大米的计算公式，来自温饱没有满足的农耕时代遗留下来的精神创伤。

如果你一定要把所有的钱，都攒起来用于防患于未然，这是你的自由，别人无法干涉。可你要明白，身体的生理机能满足之后，就不必一味地再纠结于脏腑。总是由着身体自言自语地说那些饥饱的事儿，你就灭掉了自己去看世界的可能性，一辈子只能在肚子划出的半径中度过。这样的人生，在温饱还没有解决的往昔，是不得已而为之，甚至可能成为能优先活下来的王牌。在今天，就有时过境迁过于迂腐之感了。

第三桩事儿，是活在身体的此时此刻。

此话怎讲？当下身体不错，就可以出发，抬腿走就是，不必终日琢磨以后心力衰竭的呕血和罹患癌症的剧痛。我琢磨着自己还有能力挣出些许以后治病的费用，我相信国家的社会保障机制会越来越好。我捏捏自己的胳膊腿，觉得它们尚能禁得住摔打，目前爬高上低餐风宿露不在话下。若我以后真的得了多少万人民币也医不好的重症，从容赴死就是了，临死前想想自己身手矫健耳聪目明时，也曾有过一番随心所欲的游历，奄奄一息时的情绪，也许是自豪。

我是渐渐老迈的汽车，油料所剩已然不多。我要精打细算，小心翼翼地驱动它赶路。生命本是宇宙中的一瓣微薄的睡莲，终有偃旗息鼓闭合的那一天。在这之前，我一定要抓紧时间，去看看这四野无序的大地，去会一会英辈们残留下的伟绩和废墟。

终于决定迈开脚步了。很多人有个习惯，出远门之前，先拿出纸笔，把自己要带的东西都一一列出。旅游秘籍中，传授这种清单的俯仰皆是。到寒带，你要带上皮手套雪地靴；到热带，你要带上防晒霜太阳镜驱蚊油。就算是不寒不热的福地，你也要带上手电筒黄连素加上使领馆的电话号码……

所有这些，都十分必要。可有一样东西，无论你到哪里，都不可须臾离开。那就是——你可记得带上自己的灵魂？

据说古老的印第安人有个习惯，当他们的身体移动得太快的时候，会停下脚步，安营扎寨，耐心等待自己的灵魂前来追赶。有人说是三天一停，有人说是七天一停，总之，人不能一味地走下去，要驻扎在行程的空隙中，和灵魂会合。灵魂似乎是个身负重担或是手脚不利落的弱者，慢吞吞地经常掉队。你走得快了，它就跟不上趟。我觉得此说法最有意义的部分，是证明在旅行中，我们的身体和灵魂是不同步的，是分离分裂的。而一次绝佳的旅行，自然是身体和灵魂高度协调一致，生死相依。

好的旅行应该如同呼吸一样自然，旅行的本质是学习，而学习是人类的本能。身为医生，我知道人一生必得不断地学习。我不当医生了，这个习惯却如同得过天花，在心中留下斑驳的痕迹。旅行让我知道在我之前活过的那些人，他们可曾想到过什么做过什么。旅行也让我知道，在我没有降生的那些岁月，大自然盛大的恩典和严酷的惩罚。旅行中我知道了人不可以骄傲，天地何其寂寥，峰峦何其高耸，海洋何其阔大。旅行中我也知晓了死亡原不必悲伤，因为你其实并没有消失，只不过以另外的方式循环往复。

凡此种种，都不是单纯的身体移动就能够解决问题的，只能留给旅行中的灵魂来做完功课。出发时，悄声提醒，背囊里务必记得安放下你的灵魂。它轻到没有一丝分量，也不占一寸地方，但重要性远胜过 GPS。饥饿时是你的面包，危机时助你涉险过关。

你欢歌笑语时，它也无声扮出欢颜。你捶胸顿足时，它也滴泪悲愤……灵魂就算不能像烛火一样照耀着我们的行程，起码也要同甘共苦地跟在后面，不离不弃，不能干三天停一天地磨洋工。否则，我们就是一具飘飘荡荡的躯壳在蹒跚，敲一敲，发出空洞的回音，仿佛千年前枯萎的胡杨。

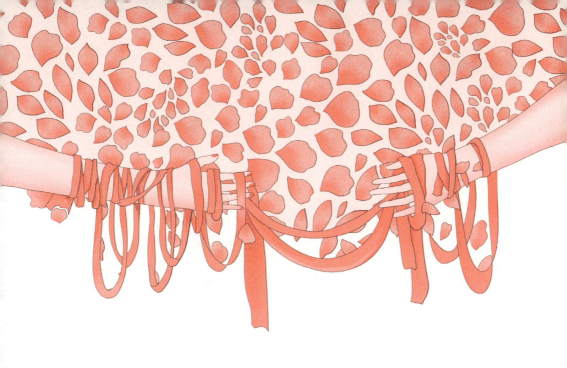

　　分歧时，不必拍案而起。争执起，义正辞可不严。有失误，莫要
声色俱厉。灾临头，携手共赴家难。

Part 6

活在身心的此时此刻

我们思维的强度，广博的智慧，
强健的体力，合作的风采——
可以在日复一日的积累中磨炼增长，
成为我们度过困厄的支柱。

自拔：
愿你在某一个早晨醒来，
突围而出

　　自己把自己拔出来——我喜欢"自拔"这个词。不是跳出来或是爬出来，而是"拔"。小时候玩过拔萝卜的游戏，那是要一群小朋友化装成动物，齐心合力才能完成的"事业"。现代人常常陷在压力的泥沼中，难以享受生活的美好。把自己从压力中拔出来，也是一个系统工程。

　　压力本是一个物理词语，比如气压、水压、风压……推广开来，医学上有血压、脑压、颅内压等等，多属于专业名词。不料如今风云突变，压力成了高频词。生活有压力，经济有压力，学业有压力，晋升有压力，人际关系有压力，情感世界有压力，婚姻也有压力……人们的交谈中，无不涉及林林总总的压力。压力像汽油桶被打翻，弥散到现代人生活的各个领域，散发着浓烈的气味，我们躲不胜躲，防不胜防，不定在哪个瞬间，就燃起火焰。

其实适当的压力，是保持活性的重要条件。如果空气没了压力，我们的呼吸就会衰竭；如果血液没有了压力，我们的四肢就会瘫痪；如果水管子没有了压力，那结果之伤感是任何一个住在高层楼房的人士都噤若寒蝉的，你将失去可饮可用的清洁之水。

只是这压力需适度。比如冬日里柔柔的阳光照在身上，这是一种轻松的压力，让我们温暖和振奋。设想这压力增加十倍，那基本上就成了吐鲁番酷热的夏季，大伙只有躲到地窖里才能过活。假如这压力继续增加，到了百倍千倍的强度，结果就是焦炭一堆了。

现代人常常陷于压力构建的如焚困境之中。也许是某一方面的压力过强，也许是许多方面的压力综合在一起。如是后者，单独某一方面的压力尚可容忍，但积少成多、日积月累，细微的压力堆积起来，就成了如山的重负。金属都有疲劳的时候，遑论血肉之躯？如不减压，真怕有一天成了齑粉。

如果你因压力忙到无力自拔，忙到昏天黑地，忘记了自己的生日和家人的聚会，忘掉了自己如此辛辛苦苦究竟是为了什么。如果你想改变，就试着了解压力吧。寻找压力的种种成因，为扑朔迷离捉摸不定的压力画像，澄清我们对压力的模糊和迷惘之处，让折磨我们的压力毒蛇从林莽之中现形，让我们对压力的全貌和运转的轨迹，有较为详尽的了解。中国的兵法上有句古话，叫作"知己知彼，百战不殆"，当你认识到了你所承受的压力的强度和种类，在某种程度上我们就已经钉住了压力的七寸。

明白了压力的起承转合，找到了适合自己的减压方式之后，你的呼吸就会轻松一点，胸中的块垒也会松动出些微的空隙。坚持下去，持之以恒，你就会一寸寸地脱离沉重压力的吸附，把自己成功地拔出来。也许在某一个清晨醒来的时候，你突围而出，像蝴蝶一样飞舞。▍

最廉价与最高贵的工具：
越廉价的东西越珍贵，比如语言

当我写作的时候，对工具充满了感激之情。首先是感激笔，感激纸。从最普通的铅笔到比较昂贵的派克，都在深深的道谢之列。感激每一张能让我写下字迹的纸，不管它们是一张糖纸的背面，还是严肃出版物的封底。使用了计算机，感激移情到了电脑。因为购买时间比较早，只是一台普通的 **IBM286** 机，在日新月异科技换代的今天，实在已经落伍。许多新式软件不能运行，儿子在学校使用了高档的机器以后，不止一次地倡议除旧布新。我说，它不是很努力地工作吗？从没有出过岔子。孩子说，它虽然忠诚，但是老了，手脚不利索。一个老仆，应该退休了。

我正色道，只要它还能走动，我绝不更换新机器。

在这台电脑上，我击打出上百万字的文稿，它忠实地记录了我的思绪，陪我度过无数个不眠的深夜和早起的黎明。当我为文中的人物潸然泪下的时候，键盘承接过我的泪水。当我高兴地一书十行，它也像猎狗一般紧紧追随，嘀嘀嗒嗒地回应着，绿色的字迹春草一般成片地从漆黑的屏幕生长出来。当我不满意成形的文字时，它毫无怨言地将它们一笔勾销，好似巨大的柔软的橡皮擦轻轻抹过，不留一丝痕迹。

每当看到打印纸像黄果树瀑布一般从机器里倾泻出来，灰色的字迹流淌着，整齐地游动，宛若无数蝌蚪，是我最快乐的时候，比看到成品的样书更要兴奋。铅印的带有插图和彩色封面的书籍，当然比我的打印稿漂亮得多，但那已融入编辑美工更多人的劳动，心底已将它记在集体的功劳簿上，不敢专美。唯有这种原始的简陋文本，才能让我有片刻的成就感。并不是对自我水准的欣赏，只是一种农人在苍茫的原野上耕种，汗流浃背地犁到地垄头，回头一望，虽然收成如何尚在未知之数，但眼前实实在在翻耕起的波浪状土地，已给人劳作的喜悦和对自我的感动。

对计算机的感谢日积月累，直到有一天轰然崩溃。我看到一台一模一样的电脑，在其他行业人手中，执行着不同的指令，也是百依百顺。它似乎是和我的老仆完全不同的陌生动物。

我怅然若失。突然意识到，多年以来，我感谢错了人。或者说，我的感谢没有错，只是没有溯本求源，而是半路出家，遗忘了真正的恩人。好像一个追溯长江源头的旅人，只走到了虎跳峡，就得意扬扬地停住了脚步，全然不知在远方，屹立着格拉丹东雪峰。

无论是纸还是笔，是电脑还是将来发明出的更新颖的书写器具，都只是写作这一工程的最后工具。在这之前，有更基本更纯粹更先决更重要的工具，那就是语言。

语言真是太廉价了。世界上最穷困最偏远最古老最愚昧的地方，也存在着语言。聋哑人盲人，仍享有语言。哑语当然是不出声的，但它的手势以正常的语言为先导。盲人看不见他所写的文字，但那更是一种工艺化的书写。一个穷人，可以上无片瓦下无立锥之地，并不妨碍他无偿地获得语言和使用语言。甚至可以说，在这个世界上，你什么都不具有了，但只要思索，仍能免费享受语言。

地球上，可以无偿获取的东西，空气、阳光、水……都乃大自然的慷慨馈赠。属于人类自己创造出来又无代价地供给人类自身使用的物品，语言几乎是一种唯一。

也许是人类的天性，凡是无偿获得的东西，就不为人所珍视。我们曾以为大自然恣肆汪洋，可以无限攫取。但是人类错了，大自然在某个清晨突然咆哮，于是水和空气的污染，臭氧层破裂产生黑洞，阳光越来越凶猛地照射，都成了人类必须面临的严峻困境。人类肮脏了那些洁净的物质，于是有了装在瓶子里的蒸馏水和氧气罐头等商品。当原本无偿的东西开始收费以后，人类才珍视它们。

因为语言的廉价——不，它甚至连廉价也谈不上，根本就是无价的，于是人们也肆无忌惮地污染它，践踏它。即便像我这样凭借它糊口的人，在长久的时间内，也对它毫无感激之情。所以使用语言这种无价工具，真是使用者的福分。你可以任意驱使它们，而不会遭到任何反抗。你可以像个大将军似的调遣它们，不用担心队伍哗变。你可以让它们忸怩作态，它们就是再心怀不满，也只得服从，因为没有装配叛变的程序。在你使用它们得到成功的时候，你可以感谢你的父母，你的妻子儿女，而对组成你的作品的文字不置一词，它绝不会闹任何思想情绪，胆敢下次不好好地为你服务。

　　今日，物欲横流，凡事都讲究按劳付酬，你到哪里还找得到这样任劳任怨的老黄牛？

　　然而越是廉价的东西越是珍贵。因为生命就是从其中诞生的。想洪荒之时，生命只能从那些最取之不尽用之不竭的物质中孕育。如果那物质稀少且待价而沽，生命早在第一次呼吸的时候便被扼杀。

物情：
因为不曾长久相伴，
所以我们心中惘然，不知珍惜

我有一台旧电脑，8086型，比286还要古老，但它可不曾偷懒，打出过上百万字的文稿。搬家的时候，我用棉被把它包裹得好似一个怕风的婴儿，托在膝盖上，呵护备至。眼看平安抵达，没想到路面开了一道槽，司机没留意，车身猛地一个剧烈颠簸。打开家门，我忙不迭地察看电脑。从接通电源到等待字符闪现的那段时辰，急得人揪心裂肺。

电脑坏了，进入持久的冬眠。无论你怎样敲击键盘，漆黑的屏幕就是无动于衷。那一阵，我遍访号称电脑医生的高手，把他们请到家里，好生待承，希望他们能妙手回春，拯救我昏迷瘫痪的朋友。

没想到各路英雄所见略同，都说这种原始的电脑，防震功能很差，系统现已崩溃。就是把当初造这台机器的 IBM 的工程师请来，也回天无术。最好的办法是把它扔了，再买新的来。一位好心高手谆谆告诫说，要扔尽早吧。要不以后像这种大宗旧电器，人家要收垃圾费的。

起死回生无望，只得买了新电脑。新物的确好使，但旧物如何处置呢？我无法想象让它和果皮煤渣为伍，埋在废墟中腐朽。键盘上的每一枚字母，都重叠着无数我的指纹。多少个夜晚，家人熟睡，只有这台忠诚的电脑，陪伴我喜怒悲欢。它连接着打印机，将最初的文稿连续吐出的时候，我会涌出一个农民扬场时的感动。

于是我把旧电脑藏进包装箱，塑料布封好，尼龙绳扎紧，摆在家的角落。一年年过去了，它在狭小的房屋内牢固地占据着空间，尘封渐厚。有知底的朋友见了，吃惊地问，还没舍得丢了啊？你是否打算收藏文物，或者以后开个计算机博物馆？

我绝无那般宏伟的筹划，只是觉着人们对待一条曾经流过血的警犬、一匹淌过汗的军马，尚且颐养天年，对一起走过长路的助手，也该柔和些。

有一个词，叫作"物情"，说的是人与共同度过年华的物件，有一份难舍难分的感情。

古代人好像对"物"有一些成见。一句"不以物喜，不以己悲"的名人名言，就把"物"钉到千古的耻辱柱上了，好像什么人若沾了喜爱物的名声，就成了小人。更有"身外之物"这样的贬词，显出冷峭的淡然。但我想说的，不是那种权柄之物，豪华之物，庞然之物，只是曾经嵌入我们生命的小物件。它们大体上是家常和暗淡的，散发着陈旧的气息。

现代社会，节奏越来越快。早年间，老祖母会指着一个红漆的小板凳，说，这是我结婚时的陪嫁。如今家具三五年就淘汰一轮，再也找不到怀旧的眷恋。过去的一件衣服，大孩子穿了小孩子穿，最后残破的片段，还会被糊成鞋底，在脚下陪人们走过岁月。现今难得有一件衣服是被穿破的，都是因为式样色彩的不时髦，而让我们随手丢弃。更不消说一次性的筷子一次性的饭盒，吃饭的时候，我们绝不会从千篇一律的僵白色和簸箕状的结构里，尝出独属于母亲盛在青花小碗里的那份温馨。

因为不曾长久相伴，所以我们心中惘然，不知珍惜。即使共过患难，时过境迁，我们也渐渐在忙碌和喧嚣中将它淡出。

物情恐怕会越来越少了，如同我们曾经拥有过的晴朗天空和明澈河水。一次性服务的物品越来越多了，从孩子的纸尿裤到成人的爱情。

也许哪一天，我也会狠下心，把功勋的电脑抛进垃圾堆，以便让家中宽敞些。当拣一个月黑风高的日子，一是省得让收垃圾的人看见，气恼增加了劳动量；二是为了心中残存的那点情谊，而怕见月亮。▍

自卑情结是幸福的最大敌人：
追求卓越是一种天然的内驱力

有一种天然的感觉，伴随我们一生。有人说，那是爱，其实不是。爱不是天生就具备的品德，是需要学习的。一个刚刚出生的婴儿，并不懂得爱，但他感到了自卑。哭声就是自卑的旗帜，那是对寒冷（相比于母体内的恒温）、对孤独（相比于母体内的依傍）的第一声惊恐的告白，也是被迫独立生活的宣言。这个景象挺有象征意义。人在强大的自然规律面前，没有法子不自卑。但是，人又不能被自卑打倒，人就是在同自卑的抗争中成长壮大起来的。

可以说，自卑是幸福的最大敌人。道理很简单，一个人若是时时事事都沉浸在自卑中，那他如何还能享受幸福！

所以，人不要被自卑打垮，而是要超越自卑。咱们先来找找自卑的反义词是什么？我小时候，很喜欢找反义词这类题目，在寻找中，你对原本的那个词有了更深入的了解，就像黑和白站在一起，一定显出黑的更黑，白的更白。只有在黑暗中，你才可能看到所有的光。如果黑和灰站在一起，就容易混淆。

自卑的反义词是自信。自卑和自信，都有一个"自"，就是"自己"的意思。那么，自己对待自己，有什么不同呢？自卑的人，自己看不起自己；自信的人，自己相信自己。从这里入手，我们就找到了自卑和自信最显著的分水岭，那就是，一事当前，自信的人说，我能做这件事；自卑的人会说，我办不成这件事。

面对一生，自信的人说：我能成为理想中那样的人，我要掌握自己的命运。

自卑的人会说：我不能成为自己想成为的那样的人，我只能随波逐流，被外力摆布。

自卑这个词，平日里大家说得很多，但究竟什么是自卑呢？自卑有哪些表现呢？自卑为什么会成为幸福的大敌呢？

简言之，自卑就是有关自我的消极信念，影响了成长。

记得儿时读过《好兵帅克》这部小说，里面有个人物，特别喜欢求本溯源。比如他说到窗户，就要说窗户是木头做的，他马上就会接下来解释，木头是树木，那树木又是从哪里来的呢？它们来自森林……现在我们谈到"自卑"，多少也陷入到了这种论证的漫长小径。有点啰唆，请原谅。

自卑的人，充满了对自己的不良观念和不适宜的评价。自卑的要害是——自我否定。

看看"否"这个字，"口"上面是个"不"字，一个人一张口就吐出"不"来。人是需要说"不"的，不知道说"不"的人，一生太辛劳，完全丧失了自我。但是，如果一个人一辈子说"不"太多，尤其是对自己总是说"不"，那就成了大问题。

最详细地论证了自卑这种情绪的是个体心理学的创始人阿德勒，他发现了一个自卑情结。

阿德勒是一位奥地利精神病学家，被称为"现代自我心理学之父"。他1870年出生于维也纳的一个商人家庭，排行老二。家境富裕，家人都很喜欢音乐，按说这是一个丰衣足食的幸福环境，可是，童年的阿德勒却一点也不快乐。为什么呢？原因来自他的亲哥哥。两人虽是一母所生，但哥哥高大健壮活蹦乱跳，人见人爱；阿德勒却自小体弱多病，还是个驼背。他5岁那一年，又生了一场大病，更让他身材矮小面容丑陋。好在阿德勒很聪明，后来他考入大学，毕业后当了医生。

由于自身的残疾，1907年，他发表了有关由身体缺陷引发自卑的论文，从此声名大噪。他不赞成弗洛伊德的性决定论，强调社会文化因素在人格形成和发展中的决定性作用。他的主要观点是：追求卓越是人类动机的核心，而如何追求卓越，则是取决于每个人独特的生活风格。追求卓越是一种天生的内驱力，使人力图成为一个没有缺陷的人，一个完善的人。人总是有缺陷的，由于身体或其他原因引发的自卑，能摧毁一个人，使人自甘堕落或发生精神病；另一方面，它还能使人发愤图强，力求振作，以补偿自己的缺点。

比如说，古代希腊的戴蒙斯·赛因斯，小时候患有口吃，可他迎着困难而上，刻苦锻炼，最后成了著名的演说家。美国的罗斯福总统，患有小儿麻痹症，但他最终成为美国总统。尼采身体羸弱，他就研究权力哲学，成了一代大哲学家。

关于女人和男人的吉光片羽：
对女人来说，选择拒绝的流程就是选择生活的走向

有些女人以为自由就是可以任意模仿男人的弱点，比如玩弄异性。这实在是对自身的侮辱和对自由的亵渎。

女人经常宣称自己在感受他人的直觉方面如何敏锐，其实很多时候是她们注意到了种种难以觉察的细节。

比如掉了的钮扣说明不严谨，过分花哨的领带说明对方不懂得协调，脸上某种竖行的纹路，说明他总是在人所不知的背后诡秘地耷拉着嘴巴……

每个人的性格都是一幅全息图像，女人不过更善于解读罢了。

很多人把对异性的征服，当做自己的业绩和成功。

其实性的本质永远是双方的给予与获取，就是从纯生物的角度看，它也是对等的交换。

把原本正常的事件，当做罕见的胜利大肆吹嘘，是心智愚昧和体能虚弱的体现。

对于女人来讲，选择拒绝的流程就是选择生活的走向。

天下无数繁杂的道路，你只能走一条。你若是条条都走，那就等于在原地转圈子，俗称"鬼打墙"。

女人使用拒绝的频率格外高，是因为女人面对的诱惑格外多。

拒绝是女人贴身的软甲，拒绝是女人进攻的宝剑。

拒绝卑微，走向崇高。拒绝不平，争取公道。

拒绝无端的蔑视和可疑的恩惠，凭自己的双手和头颅挺身立于性别之林。

不懂得拒绝的女人，如果不是无可救药的弱智，就是倚门卖笑的流莺。

因为拒绝，我们将伤害一些人。这就像春风必将吹尽落红一样，是一种进行中的必然。

女人永远是最爱怀疑又是最易轻信的动物。

她们什么都渴望得到，又什么都敢于付出。

没有人知道让女人十全十美的秘诀。

聪明的女人终身都在摸索，怎样使自己更幸福，使世界更美好。

倘若是男人，还有一个放松的机会，那就是三五知己喝醉了酒，吐出几分真言。女人就只好憋在肚里，让那些心里话横冲直撞，直到把自己的神经撞出洞来。

有一种男人，冷漠后面有热情，平淡过后是高潮。就像一本开头不很精彩的书，动人心魄的章节在后半部。一定要耐着性子读下去，你就会被深深地感动。

有的女人只是男人的一件行李。

有的男人只是女人的一件首饰。

男人和女人都做事业。男人是为了改造这个世界，女人是为了向世界证明自己。

男人的自由多，男人的领域大。男人被人杀戮也被人原谅，男人编造谎言又自己戳穿它。男人可以抽烟可以酗酒可以大声地骂人，可以随意倾泻自己的感情。历史是男人书写的，虽然在关键的时刻往往被一只涂了蔻丹的指甲扭转。那也是因为在那只手的后面，有一个男人微笑地凝视着她。男人的内心像一颗核桃。外表是那样坚硬，一旦砸烂了壳，里面有纵横曲折的闪回，细腻得超乎想象。男人会喜欢很多的女人，在他一生的任何时候。女人会怀念唯一的男人，在她行将离开这个世界的瞬间。

婚后的男人，太累太累。好像追赶太阳的夸父，一头担着事业，一头担着家庭。

我们的记忆，同自己的伴侣紧密地缠绕在一处，像两种混淆于一碟的颜色，已无法分开。你原先是黄，我原先是蓝，我们共同的颜色是绿，绿得生机勃勃，绿得苍翠欲滴。失去了妻子的男人，胸口就缺少了生死攸关的肋骨，心房裸露着，随着每一阵轻风滴血。失去了丈夫的女人，就是齐崭崭折断的琴弦，每一根都在雨夜长久地自鸣……

面对相濡以沫的同道，我们忍心说我不重要吗？

女人常常在细微之处精细，在博大之处朦胧。显微镜和望远镜都是能把眼力达不到的地方看清楚，但两者绝不相同。男人瞩目宇宙，却常常忽略了脚下的石子。于是男人多谴责女人琐碎，女人多抱怨男人粗疏。改变几乎是不可能的，最好的办法是结合。将男人的大度与女人的纤巧融于一身，锻造新的人类。

假如我们被强暴，在做完了惩治凶犯的一切工作之后，拭干泪水，让我们重新开始吧。

丢掉有关那一刻所有的记忆，让我们像新生的婴儿一般坦荡。烧毁目睹我们灾难的旧衣服，让痛苦的往事一同化为飞烟。取清凉的山泉自头顶浇下，洗涤我们每一根如丝的长发。挑选一件更美丽的裙衫，穿上它快步行走在如织的人流中。

对生活中美好的事物，被强暴过的女人依旧可以发出真诚的微笑。

对生活中黑暗的角落，被强暴过的女人依旧可以发出强烈的谴责。

女人被强暴，是生命的记录上一处被他人涂抹的墨迹。轻轻擦去就是了，我们的生命依然晶莹如玉，洁白无瑕。强暴是发生于刹那的地震，我们需要久久地修复。但女性生命的绿色，必将覆盖惨淡的废墟。

让我们振作起来，面对强暴以及所有人为的灾难。这世上没有任何一种力量，可以强暴女性不屈的精神。

他人的评判固然重要，但最重要的是我们对自己的评判，这是任何人也无法剥夺的权利。只要女人自己不嘲笑自己，只要女人不自认为自己不重要，谁又能让你低下高贵的头？

假若一个村子的领导人里，有百分之四十的妇女，他们就很难做出为争夺水源去同另外村落械斗的决议。她们会说，还有没有新的水源？我们再挖一口井或是再开一条河……要不然，我们一个村子用一个水源吧。

即使一定要打仗，她们一定会更仔细地计算可能会牺牲多少人，会有多少母亲失去儿子？多少妻子失去丈夫？多少孩子失去父亲？

……

假如战争不可避免，她们也会更细致地安排怎样抢救伤员，保存更多的生命。

这一切不是因为女人的懦弱，而是因为她们担负着繁育生命的重担。

在人类所有重大决策上，一定要倾听女性的声音。不但因为她们的人数占了人类的一半，更因为她们是人类自身的生产者。▮

特区女牙人：
享受可以激发人的欲望

起因是我在那座五星级的酒店里不好好走路，东张西望，看了那扇紧闭的小门一眼。

就在我张望的那一瞬，小门突然开了，我看见许多如花似玉的女孩端端正正地坐在里面，全神贯注地听一位女士讲着什么。

在特区，美丽的女孩不算什么。好像全中国的美女都集中在这里了，她们要以自己的青春、美貌、智慧和胆略换取更多的地位和金钱。除了那些使用不正当手段的，一般说我很钦佩她们。

她们脸上的神情打动了我。小门后面是一间宽敞豪华的多功能厅，排着桌椅，好像临时布置的课堂。不知在传授着什么诀窍，她们沉迷得如醉如痴。

单是她们虔诚的神气倒也罢了，特区有很多虔诚的人，他们不达目的决不罢休的勇气令别处的人自叹弗如。

我在特区有原定的许多任务，不能为小小的好奇耽误了我的正事。我扭转头，预备离去。

恰在此时，那位主讲的女士回了一下头，使我清晰完整地看了她的形象。

她穿了一身"梦特娇"的黑丝裙，泛着华贵典雅的光华。但是，她长得好丑啊！

两只距离很远的鼓眼睛，架着烧饼一般厚重的大眼镜，很像一个先天愚型的脸庞。特别是她的牙齿，猛烈地向前凸，好像随时要拱什么东西吃。人们俗称这种人为：龅牙齿。

但有一种威严像光环笼罩在她的周身，使课堂上所有的靓丽女子都屏气吞声地听她讲课。她叫起一个非常娇美的女孩，说，你讲讲，听了我的课，你以后打算每月挣多少钱？

那个女孩很有魄力地说，我以前在政府当文员，每月薪水 1500元。我既然干了这一行，起码收入要翻一番。每月 3000 元，我想差不多。

龅牙女士问，大家觉得怎么样？

女孩子们窃窃笑着，表示赞同。

龅牙女士一字一句地说，假如你们有一天挣到了刚才说的这个数，就是每月 3000 元，我对你们有一个要求，就是无论你们走到哪里，无论什么人问起，你们都不要说是我的学生。这太丢人了！你们每个月最少要计划挣到 1 万元。

全场大骇。

就在这一刻，我萌发了采访龅牙女士的愿望。

她是一位专做金融期货的交易所女经纪人，是资深的行家里手了。

经纪人是一个陌生的名称，是在商品交换中专门从事介绍交易，以获取佣金的中间人。古称"牙人"，专门为买方和卖方牵线搭桥。在欧美等经济发达国家，经纪人行业极为发达。随着我国改革开放事业的发展，新的经纪人也从东方古老的地平线升起来了。

龅牙女士要同世界上几个大的交易所同步工作，由于时差，每天都干到夜里两点，上午又要分析路透社的电讯，我们只有利用共进午餐的时间交谈了。

奢华典雅的西餐厅，枝形吊灯像一树金苹果，在我们头顶闪耀。

我特地带了几百块钱，预备做东。心里忐忑着，不知这位腰缠万贯的富豪小姐，会不会消费出我的预算？

没想到她素手一挥说，今天我做东。

我说，那怎么好意思？已经浪费了你的时间，再要你破费金钱，不是太说不过去了？

她说，不要争了。我喜欢做东，喜欢最后一招手叫小姐买单的豪迈。我要谢谢你给了我这样一个机会。

说罢她详细地问了我的喜好，为我点了法国蜗牛、水鱼汤、甜点和一个叫作"雪山火焰"的冰激凌。而她自己只要了一份行政午餐。

行政午餐端上来了，只有几片火腿三明治和生菜，外带一小盘水果沙拉。最丰富的还要算那一小碗蛋炒饭，红的香肠丁，绿的黄瓜丁，黄的鸡蛋，青的豌豆……

我用银叉掀动水鱼汤上罩着的那层香喷喷的面包盖子，说，你为什么吃得那么简单？

她说，我每天中午都是吃行政餐，已经习惯了。你不要心理不平衡，我们中国人就是这样，喜欢大家都吃一样的饭，好像同甘共苦才是礼貌。西餐的好处就是个人吃个人的，彼此享有充分的自由。

面对着这样的小姐你还能说什么？我只有精心地用钳子去夹蜗牛。

见她的脸色不大好，我关切地问她是不是病了。

不想这一问，她的脸色倒空前地红润起来。

昨天晚上累的呀！她说。日本细川内阁总辞职，引起美元对日元汇率比价的大动荡，昨天晚上我不断地下单子，所有的单子都在赚。一夜之间，我为我的客户赚了15万元美金，所以现在神经还松弛不下来。

我瞠目结舌。

那你也能得不少报酬吧？我问。

没有。一分都没有。龅牙女士平静地回答我。除了应有的佣金，无论我们为用户赚了多少钱，我们都拒绝接受额外的报答。

为什么？你毕竟是用自己高超的智慧为他赚了大钱啊！出于人

之常情，也该这么办事的。我说。

我们是在用用户的钱做生意。事先已经说好了固定的佣金，其余赚了的钱自然都是客户的。我们每一笔账目都是有据可查的，不能多拿一分。这是我们这一行的职业道德。龅牙女士很仔细地吃她的蛋炒饭，以同样的仔细回答我的问题。

我说，既然你们为用户赚不赚钱拿的佣金都是一定的，那你们会不会不认真做呢？

她说，不会。干这一行需要很强的责任心，如果你不认真，老给你的客户赔钱，他就不让你做了。你的坏名声就传出去了，你就是想做也做不下去了。我们也像老字号一样，有自己的声誉呢。比如我，客户就多得很，遍布全国。一般的小客户我是不接的。龅牙女士颇自豪地说。

我频频点头，但突然出其不意地问，您现在当然是门庭若市了啊，可是从前呢？您初出道的时候，人们也这么抢你吗？

她陷入了沉思，不很连贯地说，那时……当然不是这样的。

我穷追不舍地问，谈谈您的第一个客户吧。我也看了一些金融期货方面的书，知道要做这方面的生意，最少先要拿出 5 万块钱。素不相识的人，你要从人家的口袋里掏出钱来供你练练手艺，这件事肯定不好办。

她说，是啊，和我一起学干期货的人，第一个客户一般都是找自己的朋友，甚至还有跟自己的老爸要钱的。我觉得他们很蠢。

为什么？我大感不解。因为我假设自己是个期货经纪人，找不来客户的时候，也只有瞎眼兔子吃窝边草了。

因为来做经纪人的人，多半都很穷。您知道，物以类聚人以群分。从和我们一样穷的朋友那里，你能挖来多少钱？再有我们是一个什么底细，朋友知道得一清二楚。说你前两天还对期货一窍不通呢，现在就来哄我？就说我们的父母出于无限的爱心，把血汗钱拿来给我们练手，我们操作起来也是战战兢兢的，绝放不开手脚。所以我决定找一个大的财团，开始我的第一笔生意。龅牙女士已经飞快吃完了简单的午餐，抱着双肩看着我。

面对着龅牙女士沉思的双眸，我看到智慧之光照亮了她的额头。也许是看得久了，我觉得她的容貌顺眼了许多。

可是，您素昧平生地打上门去，财团的大老板会见你吗？我替那时的她发愁。

是啊。我这个人别的本事不敢说有多少，但绝对的有勇气。我翻电话簿子，专找那些有名的大公司，指名点姓地要见总经理。我说，我给你们送来了一个绝好的发财机会，就看你们能不能抓住。

结果呢？我替她捏了一把汗。

结果是我打了400个电话，只有一个总裁愿意当面听我说说关于期货的投资问题。

后来呢？我简直有点紧张了。因为我知道女人给人的第一面感官印象是多么重要，龅牙女士这么不扬的外貌，纵是她再踌躇满志，只怕人家一见了她的面孔，也是三思而行。更不消说大公司里簇拥着花团锦簇的小姐，叫她们一陪衬，龅牙女士非无地自容不可。

我试探着说，全国最美的佳丽云集特区，您在工作中有无感到压力？

她优雅地笑了，龅起的牙略略收敛了一些。你是说我长得有些困难，是不是？她一针见血地说。

我也索性开门见山。是啊，心灵美自然是很宝贵的，但外貌美在初次打交道里，也非常重要。特别是在特区，特别是对女人。我有些残酷地指出这一点，且看她如何作答。

她爽朗地大笑，全然不顾女人笑不露齿的古训。况且她的牙始终不屈不挠地暴凸在外面，就是想掩藏也是徒劳。

笑罢，她很严肃地说，你说错了。特区以貌取人不假，但那是指的衣着之貌，而非相貌之貌。我长得这个样子，不但未使我的工作受挫，反倒帮了我的大忙。

真是匪夷所思！

看我不解，她接着说，假如你在特区看到一个非常美丽的女子，同你探讨投资的事，你的第一个念头肯定是，她没准是骗子。老板可能乐意同她搭讪、跳舞或是喝咖啡，但绝不放心把钱交到她手里。我出马的时候，就免了这样一层猜度。

再者，假如哪个漂亮的女人做成了什么事业，人们首先怀疑她是否利用了自己的美色，而对她的真才实学持考察态度。她在无形中先失去了人们的信任。而我则得天独厚。

第三，我们中国人是很相信老祖宗留下来的话的。人人都会说，人不可貌相，海水不可斗量。一般人看到我这样一个貌丑的女子，竟敢气宇轩昂地走进写字楼，几乎不容置疑地判定我有超大的技艺，对我另眼看待。

第四，我要见到总经理总裁这一类的角色，免不了要同秘书小姐打交道。特区的秘书小姐往往是多功能的，这我不说你也知道。她们对来访的女宾警惕性格外高，尤其是靓女。她们对我天生不设防，甚至还怀有淡淡的怜悯。这为我的工作提供了不少的方便。我在心里暗暗地对她们说，其实你们不过是老板的雇员，而我则是他的伙伴——投资顾问。我价值要高得多。

第五，免去了许多人的想入非非。这一点我不解释你可以明白的，因此我得以潜心研究期货操作的理论与实践，我对这一行充满了热爱与投入……

面对着她钢铁一般的谈话逻辑，我心悦诚服。面对着这样一个既很丑也不温柔的龅牙女子，你会觉得她的灵魂高贵而倔强。

我说，你也是一种女人的典范呢。

她矜持地微笑说，你不要夸我，我正准备教那些新来的女孩学坏。

我骇了一跳。我已经知道那些女孩是期货代理公司新招聘的经纪人，经过刻苦的学习，就要开始正式工作了。

龅牙女子说，你不要惊奇，我主要是要教她们学会享受。她们必须要买名牌的西装，以保持永远仪表高雅。必须每天都用名贵的化妆品，以使自己的面部看起来容光焕发。出门必须"打的"，绝不能去挤公共大巴士。她们必须学会进高档歌舞厅，借剧烈的体力运动宣泄掉白日脑力的紧张。她们必须吃正规的中餐或是西餐，绝不允许在大排档上凑合吃一碗云吞或是摊个煎饼……

我说，想不到你还这样事无巨细地关心女经纪人的健康。她冷冷地说，我不是关心她们的健康，我是关心她们的饭碗。

我还不觉悟，说，是怕大排档不干净，坏了她们的肚子？

她说，是怕她们的客户看到她们狼狈不堪地从公共汽车上走下来，满头满脸都是汗，吃着肮脏的小吃，这样客户还会把几十万上百万的投资交给我们吗?！优秀的经纪人的形象永远是高雅干练，泰山崩于前而不变色的。

我担忧地说，这么大的花费，这些初入行的女孩能承担得起吗？她说，可以去借呀。会用别人的钱赚钱的人，才是聪明人。

她们必须学会享受。享受可以激发人的欲望。你想拥有美妙的生活吗？你就得好好地干。当然我说的是用正当的手法挣钱。假如一个人，特别是一个女人，只满足于吃糠咽菜，她是注定不会有什么大出息的。假如你享受过了，你就不愿意再过苦日子，你只有拼命地去做，去挣钱，来维持你优越的生活。且不说在这种工作中，你还赢得了创造的快乐。

我对面前的龅牙女士刮目相看，她把一个陌生而充满活力的关于女人的观念，像那盏美味的水鱼汤一样，灌进了我的胃。

我们沉默着。沉默不是金，是一种思考。

服务生端着一个精美的托盘走过来。上面是鸡蛋清蒸腾而成的白雾状的絮物，很嵯峨的态势。

雪山火焰。服务生轻柔地报出这款冰激凌的名称。我却看不出命名的根据。

龅牙女子依旧用很悠闲的姿势沉默着，并不解释。

服务生掏出一个怪异的瓶子，呼的把一种透明液体倾倒在蛋清之上，我闻到浓烈的酒气扑鼻而来。

这是芬兰的烈性白酒，相当于我们的"二锅头"吧。女士轻轻地说。

我正不知后面如何分解，服务生突然划着一枚巨大的防风火柴，绕玻璃盘一周。

幽蓝色的火苗在晶莹的水晶玻璃盘子上腾空跳跃，好像秋天最后一片矢车菊编织的花环。

白雪皑皑的嶙峋山峰在火焰中变得灰黑。有轻微的硫磺味道弥散。

服务生轻声说，可以吹熄了。冰激凌就在雪山里。

我费了好大的劲才把这来自芬兰的火山爆发熄灭。用银匙翻开略微发焦的蛋清壳，有一朵淡粉色的冰激凌，镶着半枚艳丽的草莓，宁静地注视着我们。

我想酒精烧了这半天，冰激凌还不化了？赶快用匙子去舀。不想它冰凉得像从雪线上刚刚取来。

龅牙女子说，我们女经纪人就像这"雪山火焰"，外面很烈，内里始终很冷。我常常点这款冰激凌，但是不吃，只是看。

这是一句充满玄机的话。

她突然微笑着说，你猜我现在想什么？

我说，在想一个庞大的计划吧？

她说，不是啊。我在想，明天我再见到那些新来的女孩子，要对她们交代一件事情，那两天我讲课的时候，忘记了。

我说，什么事这么重要呢？

她说，我要告诫她们，只要你当一天经纪人，腿上就永远不能穿四骨丝袜，而要穿连裤袜。

我说，一双袜子还有这么多讲究吗？

她说，当然啦！一个同老板讨论大投资的女经纪人，如果突然感到她的丝袜往下掉，她就会惊恐万分，会把大事耽误了。

我的目光已经注意不到她的龅牙齿的缺憾，只觉得她的脸庞自有一种和谐。

她潇洒地一挥手，说，小姐，买单！

永别的艺术：
生命中的断舍离

近读一文，内有几位日本女性，款款道来，谈她们如何人到中年，就开始柔和淡定地筹划死亡。好像戏刚演到高潮，主角就潜心准备谢幕时的回眸一笑，机智得令人叹服。

有一位女性，从 62 岁起就把家中房子改建成 3 间，适合老年人居住，以用作"最后的栖身之所"。删繁就简，把用不着的家具统统卖掉，只剩下四把椅子，两个杯盘。丈夫叹道：这么早就给我收拾好啦！

一位女儿为父母收拾遗物，阁楼就像旧仓库，式样该进博物馆的服装、不知何时买下已发脆的布料、像出土文物一般陈旧的卫生纸、不起丝毫泡沫的洗涤剂……但房地产证、银行存折、名章等重要物件，却不知藏在什么地方。她想起母亲生前常说："我是不会给孩子们添任何麻烦的……"她心想，人不能在死亡面前好强，还是未雨绸缪的好。

她把父母家中的家具、衣物、餐具都处理了，母亲的日记，她带走了。但每读一遍，都沉浸在痛苦之中。当她49岁时，先烧掉了自己的日记，然后把母亲的日记也断然烧光，从此一了百了。

风靡全球的《廊桥遗梦》，其实也是一部从遗物讲起的故事。一位妻子患病住进医院，后察觉到不是一般的病，便一再强烈要求出院回家。丈夫知她病情重笃，只好不断说"明天我们就办手续"，敷衍她。女人终于在一天夜里，睁大着双眼走了。丈夫整理妻子遗物的时候，发现了她与情人8年相通的记载，总算明白妻子最放心不下的是什么了。

读着这些文字，心好像被一只略带冷意的手轻轻握着，微痛而警醒。待到读完，那手猛地松开了，有新鲜蓬松的血，重新灌注四肢百骸，感到人间的温暖。

现在社会在种种进步之中，也使死亡奢华和复杂起来。你不在了，曾经陪你的那些物品还在。怎么办呢？你穿过的旧衣，色彩尺码打上强烈个人印迹，假如没有英王妃黛安娜的名气，无人拍卖无处保存。你读过的旧书，假如不是当世文豪，现代文学馆也不会收藏，只有车载斗量地卖废品。你用过的旧家具，假如不是紫檀或红木，或许丢弃垃圾堆。你的旧照片，将零落一地，被陌生的人惊讶地指着问：这是谁？

我原以为死亡的准备，主要是思想和意志方面。不怕死，是一个充满思辨的哲学范畴。现在才发觉，涉及死亡的物质和事务，也相当繁杂。或者说，只有更明智巧妙地摆下人生的最后棋子，才能更有质量地获得完整的尊严。

于是如何精彩地永别，就成了值得深入探讨的问题。日本女人的想法，像她们的插花，细致雅丽，趋于婉约。我想，这门最后的艺术，不妨有种种流派，阴柔纤巧之外，也可豪放幽默。或许将来可有一种落幕时分的永别大赛，看谁的准备更精彩，构思更奇妙，韵味更悠长。

唯一的遗憾，就是这比赛的冠军，不能亲自领奖了。

莺鸟与铁星：
磨炼那些能帮你度过困厄的支柱

在南太平洋的岛屿中，有一种鸟名叫莺鸟。它们长着形色各异的喙，岛屿上物产丰富的日子，莺鸟们靠吃多种草籽为主，活得悠哉。但是有一天，干旱袭击了岛屿，整个大地看不到一丝绿色。莺鸟们的食物奇缺，唯一剩下的食物是一种叫"蒺藜"的草籽，它浑身是锋利的硬刺，深深的内核里隐藏着种仁，好像美味的巧克力封死在铁匣中。蒺藜还有一个名字叫"铁星"，象征着难以攻克。

莺鸟用自己柔弱的喙，啄开一粒铁星，先要把它顶在地上，又咬又扭，然后顶住岩石，上喙发力，下喙挤压，直到精疲力竭才能把外壳扭掉，吃到活命粮草。岛上开始了残酷的生存之战，到处是磕碎蒺藜的噼啪声。很多莺鸟饿死了，有些顽强地生存下来。生与死的区别在哪里呢?

　　经研究发现，喙长 11 毫米的莺鸟，就能够嗑开铁星；而喙长 10.5 毫米的莺鸟，无论如何也叩不开戒备森严的生命之门。0.5 毫米之差，就决定了莺鸟的生死存亡。

　　短喙的莺鸟，是天生的，它们遭到了大自然无情的淘汰。但人类的喙——我们的思维的强度，历练的经验，广博的智慧，强健的体力，合作的风采，幽默的神韵——却可以在日复一日的积累中，渐渐地磨炼增长，成为我们度过困厄的支柱。

阅读是一种孤独：
当你无所适从时，
读书能让你心如止水

阅读的感觉难以比拟。

它有些像吃。对于头脑来说，渴望阅读的时刻必定虚怀若谷。假如脑袋装得满满当当，不断溢出香槟酒一样的泡沫，不论这泡沫是泛着金黄的铜彩还是热恋的粉红，都不宜于阅读，尤其是阅读名著。

头脑需嗷嗷待哺，像荒原上觅食的狼。人愈是年轻的时候，愈是贪吃。随着年龄的增长，我们吃得渐渐地少了，但要求渐渐地精了。我们知道了什么于我们有益，什么于我们无补。我们不必像小的时候，总要把整碗面都吃光，才知道碗底下并没有卧着个鸡蛋。

我们以为是碗欺骗了我们，其实是缺少经验。有许多长寿的人，你问他常吃什么食品，他们回答说：什么都吃，并无特殊的禁忌。但有许多东西他们只尝一口，就尖锐地判断出成色。我想寿星佬的胃一定都是很坚强的，只有一个坚强的胃才能养活得了一个聪明的脑。读书也是一样，好的书，是人参燕窝熊掌，人生若不大快朵颐，岂不白在世上潇洒走过一回？坏的书，是腐肉砒霜氰化物，浪费了时间贻误了性命。关于读什么书好的问题，要多听老年人的意见，他们是有经验的水手。也许在航道的选择上有趋于保守的看法，但他们对于风暴的预测绝对准确。名著一般多是经过了许多年代的考验，是被大师们的智慧之磨研了无数遭的精品。读的时候，像烈火烹油的满汉全席，为大享乐。

它有些像睡。我小的时候，当我忧愁，当我病痛，当我莫名其妙烦躁的时候，妈妈总是摸着我的头说，去睡吧。睡一觉也许就好了。睡眠中真的蕴藏着奇妙的物质，起床的时候我们比躺下时信心倍增。阅读是一种精神的按摩，在书页中你嗅得见悲剧的泪痕，摸得着喜剧的笑靥，可以看清智者额头的皱纹，不敢碰撞勇士鲜血淋淋的创口……当合上书的时候，你一下子苍老又顿时年轻。菲薄的纸页和人所共知的文字只是由于排列的不同，就使人的灵魂和它发生共振，为精神增添了新的钙质。当我们读完名著的最后一个字时，仿佛从酣然梦幻中醒来，重新又生机盎然。

它有些像搏斗。阅读的时候，我们不断同书的作者争辩。我们极力想寻出破绽，作者则千方百计把读者柔软的思绪纳入他的模具。在这种智力的角斗中，我们往往败下阵来。但思维的力度却在争执中强硬了翅膀。在读名著的时候，我常常在看上一页的时候，揣测下一页的趋势。它们经常同我的想象相去很远。这种时候我会很高兴，知道自己碰上了武林中的高手。大师们的著作像某一流派掌门人的秘籍，记载着绝世的功法。细细研读，琢磨他们的一招一式，会在潜移默化中悟出不可言传的韵律。只是江湖上的口诀多藏之深山之密室，各个学科大师们的真迹却是唾手而得。由于它的廉价和平凡，人们常常忽视了它的价值。那是古往今来人类最智慧的大脑留给我们的结晶啊！我一次次在先哲们辉煌的思辨与精湛的匠艺面前顶礼膜拜，我一次次在无与伦比的语言搭配之下惊诧莫名……我战胜自己的怯懦不断地阅读它们，勇敢地从匍匐中站起。我知道大师们在高远的天际微笑着注视着后人，他们虽然灿烂却已经凝固。他们是秒表上固定了的记录，是一根不再升高的横杆。今人虽然暗淡，但我们年轻。作为阅读者，我们还处在生命的不断蜕变之中，蛹里可能飞出美丽的天鹅。在阅读中，我们被征服。我们在较量中蓬勃了自身，迸发出从未有过的力量。

阅读是一种孤独。几个人共看一本书，那只是在极小的时候争抢连环画。它同看电影看录像听音乐会是那样的不同。前者是一块巨大的生日蛋糕可以美味地共享，后者只是孤灯下的一盏清茶，只可独啜，倾听一个遥远的灵魂对你一个人窃窃私语。他在不同的时间对不同的人说过同样的话，但你此时只感觉他在为你而歌唱。如果你不听，他也不会恼，只会无声地从书页里渗出悲悯的叹息。你啪地合上书，就把一代先哲幽禁在里面。但你忍不住又要打开它，穿越历史的灰尘与他对话。

阅读名著不可以在太快乐的时光。人们在幸福的时候往往读不进书。快乐是一团粉红色的烟雾，易使我们的眼睛近视。名著里很少恭维幸运的话语，它们更多是苦难之蚌分泌的珍珠。

阅读名著也不可在富裕的时刻。阅读其实是思索的体操，富裕的膏脂太多时，脑子转动得就慢了。名著多半是智者饿着肚子时写成的，过饱者是不大读得懂饥饿的文字的。真正的阅读，可以发生在喧嚣的人海，也可以坐落在冷峻的沙漠。可以在灯红酒绿的闹市，也可以在月影婆娑的海岛。无论周围有多少双眼睛，无论分贝达到怎样的嘈杂，真正的阅读注定孤独。那是一颗心灵对另一颗心灵单独的捶击，那是已经成仙的老爷爷特地为你讲的故事。

的确，喜欢阅读的人是孤独的。唯有保持心灵宁静才能与作者交流。没了这种孤独，人生也就不成其人生了。 面对纷繁的世界，当你无所适从时，读书能让你心如止水。▍

美容师的作品：
只有劳动和信仰
才能改变我们的内心

一家很有名的制造商，产品从服装到化妆品到无数精美的饰品。一天，商家召开盛大的产品推销会，其中最有趣的项目是——造就绅士。他们聘用的高级美容师，从城市最肮脏的角落，找到了一个身材高大的流浪汉，衣衫褴褛面容晦暗。美容师先给他拍了照片，存档以观后效。接着便用芬芳的洗液为他冲沐理发，用名牌剃须刀给他刮胡子，敷上一层又一层含有药物成分的润肤品、面霜和眼霜……打理清洁后，根据他的身高和肤色，选配了最适宜的衬衣、西装、领带，甚至还有一柄很棒的手杖和一顶昂贵的帽子……

于是，众目睽睽之下，这个穷困潦倒颓败之极的莽汉，被商家的产品包装一新，成了仪表堂堂的绅士，在场的人叹为观止，公司的销售额飙升。

会后，某经理决定雇用这名容光焕发的绅士。约他第二天早晨报到，绅士点头答应了。但是，第二天早上，绅士没有来。经理决定耐心等下去，第三天、第四天……绅士还是没来。经理就去流浪汉聚集的地方找，终于找到了他。

绅士脸上长出了白而短的乱须，身上散发着恶浊的气味，西服、领带以及华美的帽子全不见了，或许被他换了酒喝。此刻他醉醺醺地躺在垃圾箱旁，只有那柄手杖还枕在头下。

经理把他叫醒，说，美容师改变了你的外貌，但是他们没有改变你的内心。所以，你还是你啊。现在，你乐意跟我走吗？

流浪汉站起身，跟着经理走了。后来，他终于从里到外成了新人。

改变一个人的外貌，也许几个小时就够了。美容师没有错。但改变一个人的精神，绝不是化妆品和纺织品能够胜任的。只有劳动和信仰，才能真正改变我们。

聪明的女人终身都在摸索，怎样使自己更幸福，使世界更美好。

图书在版编目（CIP）数据

你要学着自己强大 / 毕淑敏著. -- 北京： 北京联
合出版公司, 2015.7（2018.7重印）

ISBN 978-7-5502-5822-8

Ⅰ.①你… Ⅱ.①毕… Ⅲ.①人生哲学－通俗读物
Ⅳ.①B821-49

中国版本图书馆CIP数据核字（2015）第168997号

你要学着自己强大

项目策划　紫图图书ZITO®

丛书主编　黄利　　监制　万夏

作　　者　毕淑敏

责任编辑　李艳芬　王　巍

特约编辑　李媛媛　申蕾蕾

装帧设计　紫图图书ZITO®

北京联合出版公司出版

（北京市西城区德外大街83号楼9层　100088）

北京天宇万达印刷有限公司印刷　新华书店经销

100千字　710毫米×1000毫米　1/16　18印张

2015年7月第1版　2018年7月第11次印刷

ISBN　978-7-5502-5822-8

定价：39.90元